KB007688

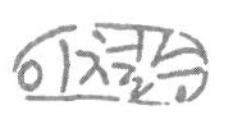

이철수의 나뭇잎 편지

가만가만 사랑해야지
이 작은 것들

2005년 10월 10일 초판 1쇄 펴냄
2012년 9월 20일 개정판 1쇄 펴냄
2019년 12월 30일 개정판 4쇄 펴냄

펴낸곳 (주)도서출판 삼인

지은이 이철수
펴낸이 신길순

등록 1996.9.16. 제 25100-2012-000046호
주소 03716 서울시 서대문구 성산로 312 북산빌딩 1층
전화 (02) 322-1845
팩스 (02) 322-1846
전자우편 saminbooks@naver.com

표지·본문 디자인 (주)끄레어소시에이츠
제판 문형사
인쇄 수이북스
제책 은정제책

ISBN 978-89-6436-049-1 03810

값 12,000원

이철수의 나뭇잎 편지

가만가만 사랑해야지 이 작은 것들

세상에 그림이나 글을 띄우고 살다 보니 제일 무서운 게, "넌 잘 살어?"라는 힐문입니다. 거친 말 함부로 한 것이야 사과하고 야단을 들으면 되지만 고상하고 순수한 이야기를 저질러놓고 나면 말 감당이 쉽지 않습니다.

매일 저녁 책상머리에 앉아 한 장씩 적어 보낸 메일 엽서를 꺼내놓고 남의 글처럼 다시 읽어보니 제 안에서 조용히 일어나는 질문이 다름 아닌 그 말씀이었습니다.
- 스스로 잘 살면서 그 말씀하셨던가?
씩씩하고 간단하게,
- 예!
- 물론입니다!
- 당연히!
할 수 있으면 좋겠지만, 그럴 형편이 못 되지요.

부끄러운 하루하루를 때로는 뉘우치는 심정으로, 때로는 살아 있음을 고마워하는 심사로, 때로는 그저 막막해서 넋두리하듯, 써 보내고 세상의 대답을 기다렸습니다. 그게 벌써 3년입니다.

두 번째 나뭇잎 편지 『가만가만 사랑해야지 이 작은 것들』을 내게 되었습니다.
세상은 날이 갈수록 각박해져서 나를 지켜 담백하게 살기보다는 세상과 타협하고 적응해 살기가 오히려 손쉬운 형편입니다.

혼자 마음에 새기는 약속보다는 미더운 이웃이나 아름답게 잘 살아가는 사람들과 나눈 약조가 더 큰 힘이 됩니다. 그 힘을 빌려서라도 판화와 글에 책임을 지고 살아 보자고 다짐합니다.

가끔 마음 담은 엽서라도 한 장 써보시라고 권하는 것도 그 때문입니다.
욕심 줄이고 따뜻한 마음으로 잘 살아내기가 어려워서요.
살아 있는 기쁨이 그것만으로 넉넉하고, 작은 것에 마음을 주고 돌려받는 기쁨도 큰데…….

가을바람에 나뭇잎이 흔들리고, 처마 밑 풍경이 쉼 없이 울립니다.
살아 있어서 흔들리는 것 그 말고도 참 많습니다.

2005년 가을에
이철수 드림

가을

바람 한줄기 불어가면, 온산 온들에
꽃들·줄기들·작은잎사귀들 다같이
손흔들고 몸흔들고 마음 흔든다. 장관이다

바람한점. 뙤약볕 한점도 온생명더러
대답하라! 대답하라! 한다.

적막하기만한 죽은 목숨 되지말고
살아서 대답하라 한다.

– 대답하셔야지요?
늦여름 볕이 눈부시고, 가을로 가는길에서는
생명들마다 제 혼신을 다해 거둔
열매를 조용히 드러내 보이고 있습니다–
대답하셔야지요?
성미 좋은 바람 헛고생하게 하시지 말고.
2004.9.7 이철수 드림

Looking at the Falling Petals in Spring
Even in the dog's empty bowl
The petals from a quince tree are falling
There is the news that is not audible
The dog is barking
The man is smiling

春の日に落花を見る
空っぽの犬が飯器にも
カリンの花びらが乱れ散る
春の知らせは聞こえてこないのに
どこまで来ているのか
犬はワンワンと吠え
人は静かに笑う

대답하셔야지요?

바람 한 점, 뙤약볕 한 점도 온 생명더러 대답하라! 대답하라! 한다.
적막하기만 한 죽은 목숨 되지 말고 살아서 대답하라 한다.
– 대답하셔야지요?

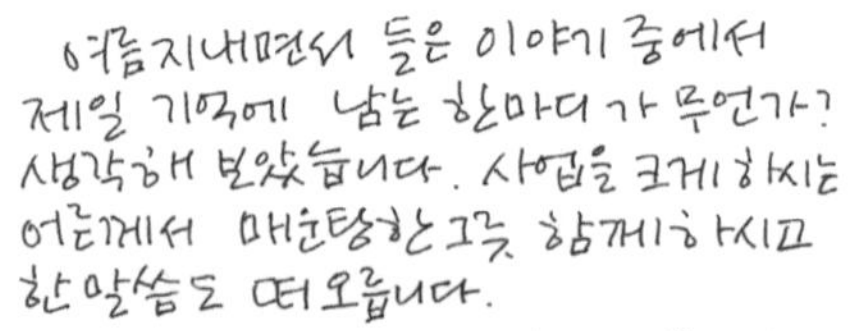

여름지내면서 들은 이야기 중에서
제일 기억에 남는 한마디가 무언가?
생각해 보았습니다. 사업을 크게 하시는
어른께서 매운탕 한 그릇 함께하시고
한 말씀도 떠오릅니다.
제 아내가 매운탕 값을 치르고 온것을
아시고 한 말씀입니다.
- 이 화백! 화백이 무슨 말이오?
- ...
- 돈은 없고, 그리는 재주뿐인 사람이라는
말 아닙니까? 돈은 내가 내고 싶소!
- ...
고마우신 말씀이지요.
돈하고는 안 바꿀 만큼 좋은 그림을 그리기가
어려우니 진퇴양난 입니다.
매운탕 한 그릇이 진땀 냈습니다.
2004.9.9 이철수 드림

We have a solar eclipse.
The moon that is not yet up in the sky
Is bright and shining.
I see now why the sun that is not yet up in the sky
Is dazzling.

日蝕だ
姿を見せぬ月も
明るく朗らかだ
姿を見せぬ陽が
まぶしいのも分かるだろう

매운탕 한 그릇

- 이 화백! 화백이 무슨 말이오?

- …….

- 돈은 없고, 그리는 재주뿐인 사람이라는 말 아닙니까? 돈은 내가 내고 싶소!

매운탕 한 그릇이 진땀 냈습니다.

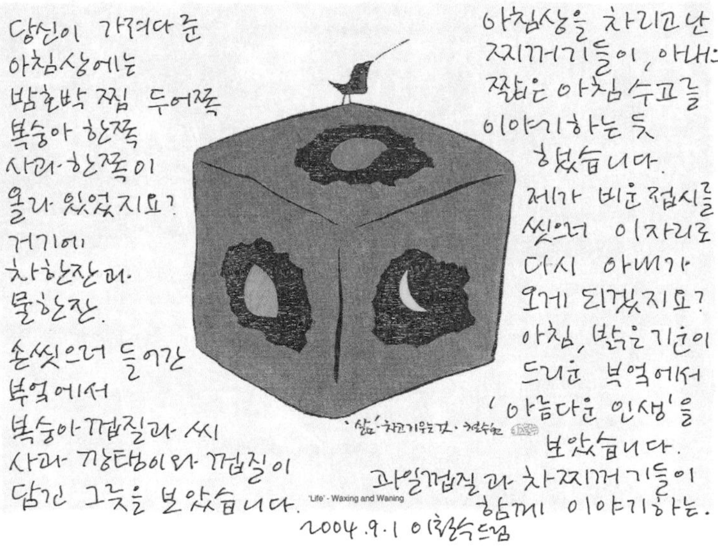

아침상

아침상을 차리고 난 찌꺼기들이,
아내의 짧은 수고를 이야기하는 듯했습니다.
제가 비운 접시를 씻으러 이 자리로 다시 아내가 오게 되겠지요?
아침, 밝은 기운이 드리운 부엌에서 '아름다운 인생'을 보았습니다.

아무리 생각해 보아도
뾰족한 수가 없습니다.
내안에서
나눔과 화해와 사랑을
끄집어 내는 도리밖에
없습니다.
세상은 온통,
제것 챙기기와
경쟁과 갈등이 당연하다
합니다. 거기 어디서

길위에서
길을 찾는다
몰라도 그길
알아도 그길
우리들의 삶은
그렇기는 하지만
떠나려니
부끄럽다
길위에서
길을 찾지 못하였다.
'길' 철수 '94

사랑을 찾을수 있을지?
그러니, 우리안에서찾고
내안에서 시작해야
합니다.
가을로 가는길에 햇살
온통 밝고 투명합니다.
밖은 그렇게 너그럽고
고르고 아름다운 사랑으로
가득합니다. 우리안에도.

2004.9.5
이희호드림

The Way
On the way, we look for the way. Whether we know it or not, the way is the way. Although this is our life, I feel ashamed to leave it behind like this. On the way, I have not found the way.

내 안에서

세상은 온통, 제 것 챙기기와 경쟁과 갈등이
당연하다 합니다.
거기 어디서 사랑을 찾을 수 있을지?
그러니, 우리 안에서 찾고 내 안에서 시작해야 합니다.

태풍오신다고 구주죽이 비오시는데, 아직 여름뜨거운
열정이 다 떠나지 않았다고 하시는 듯 능소화 몇송이
빗속에 피었습니다. -비오셔도 나는 혼자 웃을수 있어요!
그렇게 말하는지도 모르지요. 능소화 웃어도 조심하세요.
큰바람이 다녀가신다네요. 2004.9.6 이철수드림

능소화 웃어도

태풍 오신다고 구주죽이 비 오시는데,
아직 여름 뜨거운 열정이 다 떠나지 않았다고 하시는 듯
능소화 몇 송이 빗속에 피었습니다.
-비 오셔도 나는 혼자 웃을 수 있어요!

신기루 같은 세상

인생이야, 때로 가난과도 싸우고 넉넉해진 호주머니와도 싸우고,
무명의 힘겨운 처지와도 싸우지만 허명의 터무니없음과도 싸우고,
어제는 그리웠는데 오늘은 미워진 사랑과도 싸웁니다.
있던 권력이 감쪽같이 사라진 허망을 보고도,
실체 없을 욕망을 보고 다시 달려갑니다.

2004. 9. 11
이철수드림

숲에서도 전쟁은 벌어집니다. 온통 소나무 뿐으로 평정된
소나무 일색의 숲에서도 작고 새로운 생명들 끝없이 제 키를
키워 솔숲 그늘을 벗어나려 준동합니다. 기어오르고, 타고
오릅니다. 그늘에 적응하고 거기 기생하는 것들 조차 제
생각 따로 있습니다. 그 작은 전투! 세상도 그렇지요?

The Moon
A fan with a picture of the moon on it
Cools off the sultry summer night.
Bright

月
月を描いた団扇で
眠れぬ夜の暑さを追いやる
明るい

그 작은 전투

숲에서도 전쟁은 벌어집니다.
온통 소나무뿐으로, 평정된 소나무 일색의 숲에서도
작고 새로운 생명들 끝없이 제 키를 키워
솔숲 그늘을 벗어나려 준동합니다.

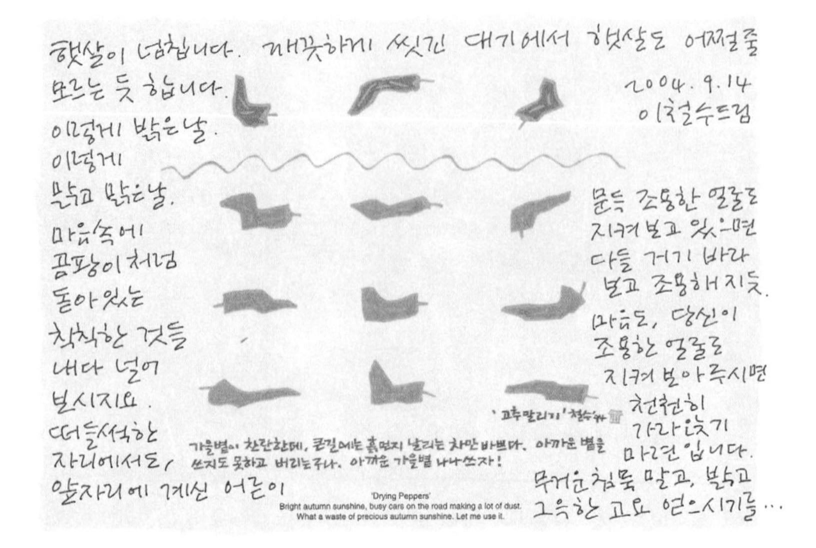

이렇게 밝은 날

햇살이 넘칩니다. 깨끗하게 씻긴 대기에서 햇살도 어쩔 줄 모르는 듯합니다.
이렇게 밝은 날. 이렇게 맑고 맑은 날.
마음속에 곰팡이처럼 돋아 있는 칙칙한 것들 내다 널어보시지요.

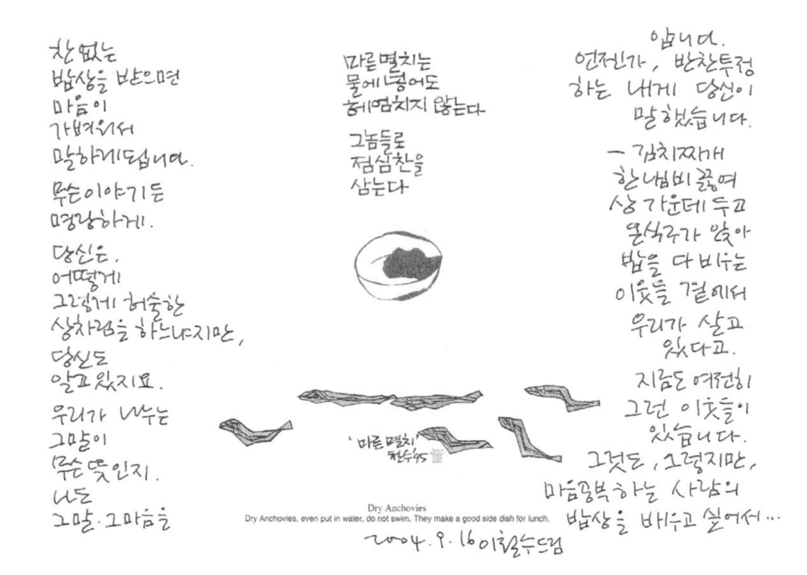

Dry Anchovies

Dry Anchovies, even put in water, do not swim. They make a good side dish for lunch.

허술한 상차림

언젠가, 반찬 투정하는 내게 당신이 말했습니다.
- 김치찌개 한 냄비 끓여 상 가운데 두고
온 식구가 앉아 밥을 다 비우는 이웃들 곁에서
우리가 살고 있다고.

가을 오시는 길에 바람이 좋습니다.
일없이 들에 나가 그 바람과 놀고 싶었습니다.
책상에 놓인 일감, 만나야 하는 사람을 생각하면
그럴 수 없음을 알지만, 그래도 바람 좋은 날 밖은 상상하기

어려운 유혹입니다. 장터간다는 아내를 따라 자전거라도
타보렸더니 자전거 바퀴에 바람이 빠져 있어 저도
'김이 샜습니다.' 일만 하라는 팔자인가 보다고 생각하며
지낸지 오랩니다. 일도 해보면 매혹적인 구석이 있지요?

황금벌에서,
쥐새끼는 몰에다 쌓고
참새떼는 오늘 배만 불린다
아시는가?
'황금벌에서'
철수

2004.9.19
이철수 드림

그걸, 일중독이라고 한다네요. 바람은 오고 가시래라! 다시 방입니다.

바람은 오고 가시래라

장터 간다는 아내를 따라 자전거라도 타보렸더니
자전거 바퀴에 바람이 빠져 있어 저도 '김이 샜습니다.'
일만 하라는 팔자인가 보다고 생각하며 지낸 지 오랩니다.

비 뿌리는 길에 어른들 모시고 나갔다가, 국도변 휴게소에
들어가게 되었습니다. 마침 붐비는 시간이라 차를
조금 멀리 대고 내리는데, 휴게소 식당에 일하는 처녀가
우산을 들고 뛰어 옵니다. 연세 많으신 할아버지들 께서

'담양 국도변 어느 식당 처녀의 우산'
2004.9.19
이철수 드림

비 맞으실까 걱정 되었던가 봅니다. 어른들 모셔다 식당에
들이고, 뒤늦게 내리는 제게도 뛰어와 주었습니다.
수없이 사람을 대하다보면 있던 선심도 무뎌지기 십상일
텐데 이런 예쁜 마음이 하나도 닳지 않은 듯 아름다운
처녀를 만나 행복했습니다. 우산인지 무지개인지 마음이신지.

무지개처럼 고운

수없이 사람을 대하다 보면 있던 선심도 무뎌지기 십상일 텐데
이런 예쁜 마음이 하나도 닳지 않은 듯
아름다운 처녀를 만나 행복했습니다.
우산인지 무지개인지 마음이신지.

간밤에 잠을 설쳐서, 오후에 한숨 자고 났더니
저무는 저녁이 꼭 새벽 같습니다.
어린시절, 늦은 낮잠자고 나면 식구들이 그랬습니다.
-철수야, 학교 늦었다. 빨리가라!
서둘러 가방을 챙겨들고 대문밖에 나가보면
조금씩 상황파악이 되지요. 식구들이 짜고 저를
놀려먹은 겁니다. 그래도 그저녁이 여전히
새벽같았습니다. 오늘은 몸이 무겁네요.
그래도 옛생각 떠올라 좋았습니다.
아내와 그 옛이야기 하면서 장에 다녀왔습니다.
이제 놀려먹을 아이들도 없이 나이들어가는
오십줄의 내외에게 저무는 저녁은 무언가?
생각하는데, 어디서 보일러 때는 기름내가 풍깁니다.
나무때는 냄새. 소죽끓이는 냄새가 언젠가부터
사라져 버렸습니다. 그렇게 세상도 달라지고,
그렇게 저녁이 깊어갑니다. 건강조심 하셔야 겠네요. 환절기라.

2004. 9. 22
이철수 드림

늦은 낮잠

- 철수야, 학교 늦었다. 빨리 가라!

서둘러 가방을 챙겨 들고 대문 밖에 나가보면 조금씩 상황 파악이 되지요.

식구들이 짜고 저를 놀려먹은 겁니다.

그래도 그 저녁이 여전히 새벽 같았습니다.

길은 언제나 멀다.
그길에서 쉴재는 언제나 피곤하다.
쉬는 이들은 오래 걸어왔다는 뜻이지!

쉬었으면, 다시 일어나 걸어야 하고
때로는 쉼없이 걸어야 한다.

어쩌면, 길에서
어두운 밤을 만나야 할지도 모른다.

길이 보일때, 조금 더 걷자.

- 이렇게 말해야 할때도 있지요?
그만해. 그만하지뭐. 천천히 해도 되지 않아?
그렇게 이야기해도 좋다면 그러겠지만.

2004.9.23
이철수 드림

길이 보일 때

쉬었으면, 다시 일어나 걸어야 하고 때로는 쉼 없이 걸어야 한다.

어쩌면, 길에서 어두운 밤을 만나야 할지도 모른다.

길이 보일 때, 조금 더 걷자.

많던 손님들
다 떠나시고,
뒷설거지를 깨끗이 했습니다.

몸을 씻고
책상에 앉아
객들과 어울려 지껄인
그 많은 헛소리
지우고 싶다, 생각합니다

지워지지 않습니다.
어떤 말은
손님들이 가지고 가셨겠지요.
그 많은 헛소리 가운데
몇 마디 쯤은.

남겨둔 것에는
쓸 것이 없어서
가려 가신 것도

새 한 마리,
유리창 안에서
바깥을 찾지
못한다
너 같다
'유리창' 철수98

염려가 됩니다.
말이나, 글이나, 그림이나.
그렇게 어렵습니다.
추석이 코앞에 왔습니다.
모처럼, 식구들과
무슨 말씀 하시려는지요?
2004.9.25 이철수 드림

말 설거지

많던 손님들 다 떠나시고, 뒷설거지를 깨끗이 했습니다.

몸을 씻고 책상에 앉아 객들과 어울려 지껄인 그 많은 헛소리

지우고 싶다, 생각합니다.

지워지지 않습니다.

어떤 말은 손님들이 가지고 가셨겠지요.

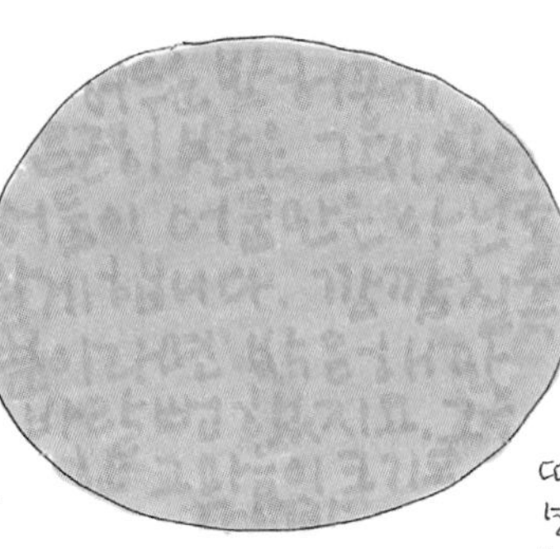

한가위

오늘은 조금 흐려 간간이 비가 뿌렸습니다.

어둠이, 칠흑으로 혼돈스러운 불통만은 아니라고,

어둠 속에 달이 있습니다.

어쩌자고 이렇게 밝은지 몰라! 이렇게 환하고 아름다우니 다
가져가시라! 그런 뜻일까? 추수 직전의 농익은 가을 이삭이
고른 키를 자랑하며 만들어 내는 지평이 빠져들고 싶을 만큼
곱고 넉넉합니다. 사람의 세상도 이쯤 고르고 반듯하면 이렇게
아름답고 훈훈해 질거라고 벼익은 들이 이야기하는 건지도
모릅니다. 욕심사나운 우리들에게. 간곡하게. 2004.10.3 이철수 드림

가을 이삭

어쩌자고 이렇게 밝은지 몰라!
이렇게 환하고 아름다우니 다 가져가시라!
그런 뜻일까?

바닷가에서 친구들 만난 적 있었거든요.
오십줄에 들어선 친구들 어울려 차한잔하면서 맞은 저녁이라
바닷물·섬·어두워진 하늘 그위에 달이 떠올랐습니다.
바다에 드리운 달빛이 해인(海印)이었지요.
바다 가까운데 사는 친구는 그날 밤 내내 달빛자랑을 했습니다.
바다위에 뜬 달이 제것이라는 투였습니다.

아무도 그 자랑에 토를 달지 못한건, 그친구가 그달빛을 제일 잘
알고 제일 사랑하는 줄 짐작할수 있었기 때문입니다.
자연은 제일 깊이 사랑하고 아끼는 사람의 몫입니다.
그친구, 시인이거든요. 좋은 시인 이거든요. 저도 좋아하지만, 당신도
좋아하고 계실거에요. 이름은? 밝힐 필요 있나요? 2004,10,4 철수

바다에 드리운 달빛

바다 가까운 데 사는 친구는 그날 밤 내내 달빛 자랑을 했습니다.

바다 위에 뜬 달이 제 것이라는 투였습니다.

아무도 그 자랑에 토를 달지 못한 건,

그 친구가 그 달빛을 제일 잘 알고,

제일 사랑하는 줄 짐작할 수 있었기 때문입니다.

아직은
너도 젊고 나도 젊으니까.
여린잎에
어린 벌레
찾아오기 마련.

봄을기억하면서
2004.10.8
이철수드림

봄을 기억하면서

아직은 너도 젊고 나도 젊으니까
여린 잎에 어린 벌레
찾아오기 마련.

이제
너도 황혼색이네.
나도 마찬가지.
초록도 동색.
황혼도 동색.
어서 오세요.

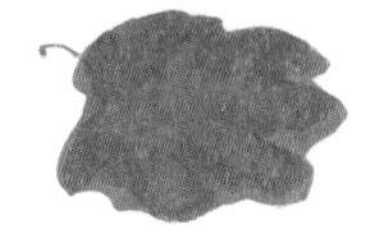

2004.10.9
이철수드림

이제

너도 황혼색이네.

나도 마찬가지.

초록도 동색.

황혼도 동색.

어서 오세요.

가을 손님들

누가 조용히 놓고 갔는지?
알 굵은 포도가 상자째 상했습니다.
거기 몰려드는 나비, 나비, 나비…….

노경

열매 없이 시들어가는 초록도 있겠지요?
가을 길에 빛나는 노경의 아름다움. 숙연해졌습니다.
부모님, 어르신들 평안하신지 여쭙습니다.

내일은 더

시들어가는 초록들의 세상.

그도 아름답습니다. 가을이 가을인 줄 아는 것이지요.

내일은 더 가벼워지실 당신에게.

해가 지려는 시간이면
그림자가 길어 지다가
어둠속에 모두사라집니다.
허명. 재물. 권력… 많아지거든
준비하세요. 밤이 되려고 하는 거니까.

2004.10.13
이철수 드림

해가 지려는 시간

해가 지려는 시간이면
그림자가 길어지다가 어둠 속에 모두 사라집니다.
허명, 재물, 권력…… 많아지거든 준비하세요.
밤이 되려고 하는 거니까.

2004. 10. 15 이철수 드림

생각이 많은날, 단순해지면 좋을텐데… 그러기 어려운날, 어디 빈의자 있으면 가서 앉아 보시지요? 그 많은 고민, 생각… 다 놓고 잠시 조용히 있어 보시지요. 잠시 쉬어가는 것도 방법입니다.

잠시 쉬어가는 것도

생각이 많은 날, 단순해지면 좋을 텐데…….

그러기 어려운 날, 어디 빈 의자 있으면 가서 앉아보시지요?

그 많은 고민, 생각…… 다 놓고 잠시 조용히 있어보시지요.

2004. 10. 16 이철수 드림

다 거두고 따내린듯한 머루나무에 아직도 머루송이
두엇 숨어 있습니다. 무성하던 잎들이 말라가면서
빈자리가 생기고, 숨겨진것이 드러나기도 하는가 봅니다.
드러나되, 부끄러움 대신 옹근것 쓸모있는것이 드러나는것
고마웠습니다. 그렇게 가을을 맞을수 있어야 할텐데…

옹근 것, 쓸모 있는 것

다 거두고 따 내린 듯한 머루나무에 아직도 머루송이 두엇 숨어 있습니다.
무성하던 잎들이 말라가면서 빈자리가 생기고,
숨겨진 것이 드러나기도 하는가 봅니다.

2004.10.17 이철수 드림

이렇게 텅비어 있는 하늘허공과 빈땅을 보면서, 인생에 너무큰 욕심 쓸데없다 하는 생각하면 안되나요? 살아볼수록 그렇다 싶은데…. 더운밥이 찬밥되는 것 잠깐이지요? 제 욕심이 채찍질하는 대로 살다보면 길 잃기 십상입니다. 가을이 좋습니다.

살아볼수록

이렇게 텅 비어 있는 하늘 허공과 빈 땅을 보면서,

인생에 너무 큰 욕심 쓸데없다 하는 생각하면 안 되나요?

살아볼수록 그렇다 싶은데…….

더운밥이 찬밥 되는 것 잠깐이지요?

Falling Leaves
A long way to go.

때를 살피시기를……

아침마다 뜰에 서리 하얗게 내립니다.
그 서슬에 잎이 쏟아지듯 떨어지지요.
그렇게 거침없이 비워야 할 때가 있습니다.
그때는 다른 도리 없습니다. 유심히 때를 살피시기를…….

논에서
나락을 베어다
털어 말려서
창고에 쌓았습니다.
지난해 소출의
2/3가 채 되지 않습니다.
봄에 퇴비를 넣으면서
발효가 되지 않는 것을
썼었던가 봅니다.
3년 묵힌 퇴비라던 말을
곧이 들은 것이 잘못이었지요.
가스피해로 초기생육에
문제가 생겨 가을걷이가
초라합니다.

남에 말 쉽게 믿은 것도
잘못이지만, 어쩌겠어요?
그건 잊기로 했습니다.
— 좋은 환경에서 시작하면
결과도 좋아지기 마련입니다.
논밭에서도
진실이지만,
사람 사는 데도
그 말이
옳은 듯합니다.
어려움 속에서
분발하는 아이들이
이뻐 보입니다.
어려운 환경을
조금은 극복할 수
있지요. 그래서
사람입니다.
2004.10.18 이철수 드림

되박,

'되박' 철수 '98

그래서 사람

좋은 환경에서 시작하면 결과도 좋아지기 마련입니다.
논밭에서도 진실이지만, 사람 사는 데도 그 말이 옳은 듯합니다.
어려움 속에서 분발하는 아이들이 예뻐 보입니다.
어려운 환경을 조금은 극복할 수 있지요.
그래서 사람입니다.

뜰이 어지러워집니다.
서리 이기지 못한 잎들이 가지를
놓고 떨어져 내린 탓입니다.
무성한 여름이 어제같은데 벌써?
그렇게 가을이 갔습니다. 싱싱하게
빛나던 여름의 기억 없는 인생이
어디 있을까 싶지만, 평생이 같은
어둠같은 인생도 없지 않습니다.

서늘한 밤공기 쐬고 나니
마음깊은데서도 찬바람이 이는 듯합니다.
마음속 냉기도 나누면 훈훈해 지지요. 간밤에는
밤늦도록 이야기 나눌 친구들이 있어서 고마웠습니다.
종일 피곤했지만
그래도 좋았습니다.
사람! 사람입니다. 서로 마음 나눌수 있는 벗들!

2004.10
20
이철수
드림

'바람'—오만한 집. 철수
'Wind'-A Proud House

벗들

간밤에는 밤늦도록 이야기 나눌 친구들이 있어서 고마웠습니다.
종일 피곤했지만 그래도 좋았습니다.
사람! 사람입니다. 서로 마음 나눌 수 있는 벗들!

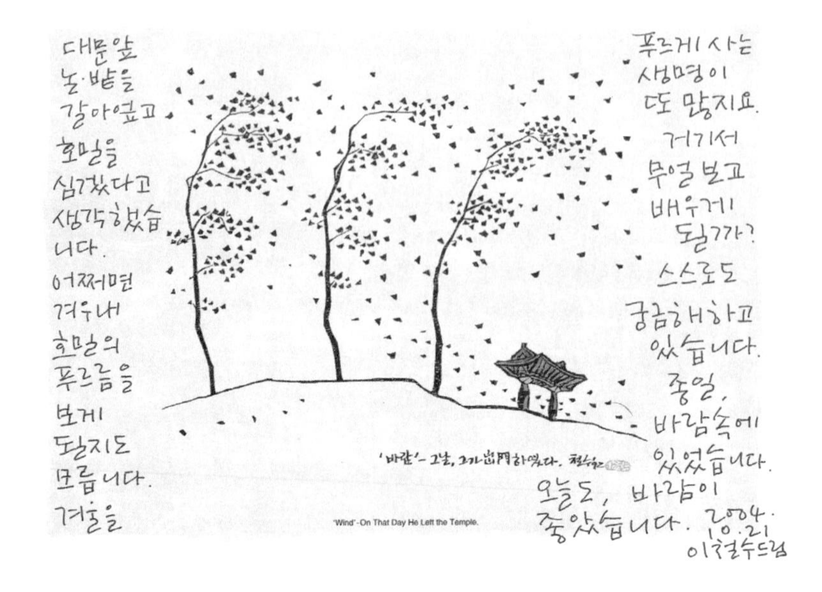

종일, 바람 속에

대문 앞 논밭을 갈아엎고 호밀을 심겠다고 생각했습니다.
어쩌면 겨우내 호밀의 푸름을 보게 될지도 모릅니다.
겨울을 푸르게 사는 생명이 또 많지요.
거기서 무얼 보고 배우게 될까?

며칠전 해가 뉘엿뉘엿해서 밖을 바라보다 하니, 동네 -
술주정뱅이 취급을 받는 친구가 술취한 걸음으로 은행나무
아래서 서성대고 있었습니다. 은행알이 길에 떨어져
있으니 그러는가 보다 했지요. 흔들리는 몸으로 허리를 굽혀

그날 적어놓은 메모.
*주정뱅이 내친구가
은행알 주워 은행나무
밑에 내려놓고 가네.
이쯤되면 시라고 해도
좋겠지요? 시인은 술취한
제 친구인 셈입니다.

2004.10.25
이철수드림

무얼 줍는것 보니 은행알을 줍는것 분명하다 싶었습니다. 잠시
뒤에, 그친구 눈에 제가 내다놓은 프라스틱통이 뜨인
모양입니다. 그통에 은행알을 가만히 갖다 놓는 것이
보입니다. 다시 가던길 가는 걸음걸이 여전히 비틀대면서.

술 취한 친구

- 주정뱅이 내 친구가 은행 알 주워
은행나무 밑에 내려놓고 가네.

이쯤 되면 시라고 해도 좋겠지요?
시인은 술 취한 제 친구인 셈입니다.

아내가 다저녁에 나가더니 배추를 얻어왔습니다.
집에 심은 배추는 아직 포기가 차지않았다면서 이웃에 수소문해
얻은 모양입니다. 수돗가에, 소금뿌려 절여놓은 배추는 내일쯤
김치가 되어 있겠지요? 가을깊으면 김장도 담아야 할테고…
곧 메주도 쑤어야 한다고
했습니다.
추수를 대략
마치고 나면
겨울 갈무리를
준비하는 것
당연하지만,
이제는
큰 '마트'에서 사계절 넘치도록 공급하는 먹을거리 덕분에 '추수동장'
의 '동장'이나 '추수'가 모두 사라진듯합니다. 유기농 청정 농산물
이 온전한 '청정'이 아니라는 소식이 들립니다. 제철에 나는
계절 먹을거리를 마다하고 계절없는 '철없는' 먹을거리를 찾는
그 심보로 청정을 기대하는 것 일종의 망발아닌가 싶었습니다.

2004.10.26 이철수드림

철없는 먹을거리

제철에 나는 계절의 먹을거리를 마다하고
계절 없는 '철없는' 먹을거리를 찾는 그 심보로
청정을 기대하는 것,
일종의 망발 아닌가 싶었습니다.

움츠린 사람처럼

날씨가 꽤 싸늘하네요.
게으른 집 밭에서 시들어 말라가는 헛대들이 갈색입니다.
추워 움츠린 사람처럼 어디 들어가 앉고 싶은 표정입니다.

가을길에 은행나무 좋기도 좋습니다. 이계절에, 나무처럼 헐벗을 것이 무섭고 또 무서울 가난한 이웃들에게도 마음한자락 깔아 주고 보면 가을산색 더 고울거라. 2004.10.29 이철수드림

가을 길에

가을 길에 은행나무 좋기도 좋습니다.

이 계절에,

나무처럼 헐벗을 것이 무섭고 또 무서울 가난한 이웃들에게도

마음 한 자락 깔아주고 보면 가을 산색 더 고울 거라.

있을 때 소중히!

대추나무 앙상해졌습니다.
가지 끝에 푸르던 잎, 익은 대추 모두 사라졌습니다.
본래 없던 것이지! 하면서도 거기 살던 빛나던 생명의 기억을 돌이켜보게 됩니다.
없어질 것도, 있을 때 소중히!

2004.10.30
이철수 드림

화장발

사람 사는 데서 같이 사는 초록들은
제 분수를 모르고 늘 푸르다.
사람의 욕심에 길든 생명들의 자태는
갈수록 교태스럽고…….

그 화장발!

작업실 문앞이 어수선해서 손을 보았습니다. 시골살면, 집을
고쳐야 할 때가 있습니다. 쥐들어오지 않도록 여기저기
허술한데 있는지도 살펴야하고, 비바람에 패이고 상한
곳 있으면 덧나기전에 손보아 두어야 후환이 없습니다.

2004. 11. 1 이철수

까짓 올해는 그냥넘기자! 하고 쉽게생각했다가는 언제
낭패를 볼지 모릅니다. 살아있는 쥐한마리가 얼마나 신경
쓰이게 하는지 모르시지요? 오늘은 돌옮기고 흙을 쌓아올려
드나드는 길을 편하게 하는 일이었습니다. 땀을 많이 흘리고
났더니 손아귀도 아프고 기운도 빠져 힘이들지만, 일하고 나면
개운하고 뿌듯해 지기도 합니다. 일도 중독된다니까요.

집 고치는 일

쥐 들어오지 않도록 여기저기 허술한 데 있는지도 살펴야 하고,

비바람에 패이고 상한 곳 있으면 덧나기 전에

손보아두어야 후환이 없습니다.

살아 있는 쥐 한 마리가 얼마나 신경 쓰이게 하는지 모르시지요?

어디 가세요?

- 다 저물었는데 어디 가세요?

- 할아버이 찾으러 가유…….

어디서 밥 때가 되두룩 오지두 않구…….

술 한잔 했것지유, 뭐!

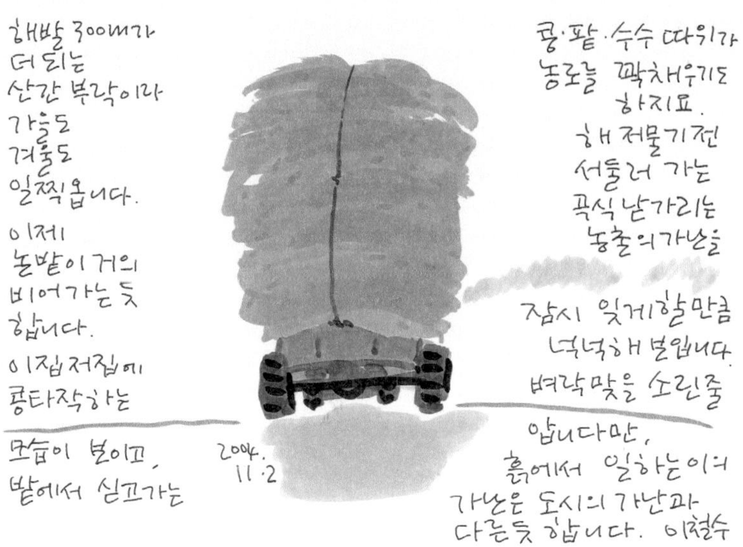

농촌의 가난, 도시의 가난

해 저물기 전, 서둘러 가는 곡식 낟가리는

농촌의 가난을 잠시 잊게 할 만큼 넉넉해 보입니다.

벼락 맞을 소린 줄 압니다만,

흙에서 일하는 이의 가난은 도시의 가난과 다른 듯합니다.

뒤란 산비탈에 '산사'라는 나무가 있어서 여름지나면
빨간 열매가 곱습니다. 가을깊도록 따내리지 못했더니
나무에서 농익어 검붉게 말라갑니다. 사람에게는 아쉽고
억울한(?) 일이지만, 나무에게는 모처럼 제 모습 그대로
겨울을 맞는 셈입니다. 사람은 어디서나 '빼앗아 가는'
역할을 하는가 봅니다. 이제 익숙해진 버릇이지요?
2004. 11. 4 이철수드림

산사나무

뒤란 산비탈에 '산사'라는 나무가 있어서
여름 지나면 빨간 열매가 곱습니다.
가을 깊도록 따 내리지 못했더니 나무에서 농익어 검붉게 말라갑니다.
사람에게는 아쉽고 억울한(?) 일이지만,
나무에게는 모처럼 제 모습 그대로 겨울을 맞는 셈입니다.

"물한잔 떠 주라고?"
그렇게 한마디하고 잔에 물을 떠다 주셨습니다.
집에 부모님이 잠시 다니러 오셨는데, 아버지가 어머니께
약드실 물을 떠다 드리는 것을 보았습니다. 일전에도 어머니께
국을 떠 드리는것 본 식구들이 있었다네요. 예전에 못보던 일
입니다. 팔순이면 그러실때가 된것일까요? 저도 놀랐습니다.

물 한잔

아버지가 어머니께 약 드실 물을 떠다 드리는 것을 보았습니다.
일전에도 어머니께 국을 떠 드리는 것을 본 식구들이 있었다네요.
예전에 못 보던 일입니다.
팔순이면 그리실 때가 된 것일까요?

며칠전에, 수녀님들과 잠시 이야기 나누고 차한잔 마실 기회
가 있었습니다. 감·사과도 나누어 먹었는데, 감껍질을
벗기다 하니 휴지한쪽이 제앞으로 놓이는 것이었습니다.
외겹 화장지 1곽 한쪽이었습니다. 홍시한개 조심해서 먹고
휴지한쪽으로 입닦고 손끝 닦고하기 충분했습니다. 다들
그랬습니다.

2004.11.6 이철수드림

'청빈'을 약속하는 서원을 하신 분들이니 검약이 당연하다
할수도 있겠지만, 그렇게 몸에 밴 절약을 눈앞에서 보고
난 즐거움이 작지 않습니다. 물건을 아끼는 현장을 보았다기
보다는 마음을 아끼고 조심하는 현장을 본 기분이었다고 할까요?
마음을 가지런히하고 싶어졌습니다. 이렇게 살면 무슨일이건
함부로 하실리가 없겠지요? 조기상자·병역비리 뇌물·법조계
성상납..... 못볼것에 너무 성낼것 없습니다. 마음이 서로 먼것을...

외겹 화장지 한 쪽

'청빈'을 약속하는 서원을 하신 분들이니
검약이 당연하다 할 수도 있겠지만,
그렇게 몸에 밴 절약을 눈앞에서 보고 난 즐거움이 작지 않습니다.
물긴을 아끼는 현장을 보았다기보다는
마음을 아끼고 조심하는 현장을 본 기분이었다고 할까요?

그림그리는 사람이라
물을 쓸일이 많습니다.
이것저것
써보아도
썩 편한 그릇이
없어서,
젓장사면
들고오게 되는
흰플라스틱 통을
가져다
윗 부분을
요령껏 잘라
냈습니다.

손잡이도 있으니 옮겨다니기도 좋고, 바닥이 편편해서
물쏟을 일도 없습니다. 이렇게 쓸모있는 존재가 될수있으면…

쓸모 있는 존재

그림 그리는 사람이라 물을 쓸 일이 많습니다.
이것저것 써보아도 썩 편한 그릇이 없어서,
젓장 사면 들고 오게 되는
흰 플라스틱 통을 가져다 윗부분을 요령껏 잘라냈습니다.

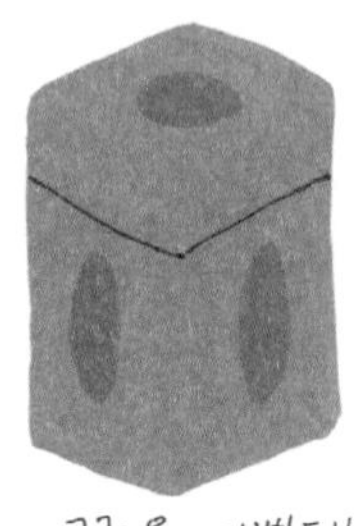

2004.11.8
이철수드림

작고 붉은 통이 있습니다. 그릇은 예쁜데 그안에 무엇이 들어있는지는 알수 없습니다. 열어서 확인해 봐야지요. 고약한것이 들어 있을지, 겉볼안이라고 반갑고 소중한것이 들어 있을지? 이름값 못하는 잘난 것들이 하도 많아서, 죄없는 찻통을 보면서, 쓸데없는 생각!

그 안에 무엇이 있을지

작고 붉은 통이 있습니다.

그릇은 예쁜데 그 안에 무엇이 들어 있는지는 알 수 없습니다.

열어서 확인해봐야지요.

고약한 것이 들이 있을지, 겉볼안이라고 반갑고 소중한 것이 들어 있을지?

아내와 둘이서 저녁상을 받았습니다. 접시에 쏟아놓는 저녁상의
주 메뉴가 잡채였습니다. 꽤 많아 보이기에 한마디 했습니다.
"이걸 다 먹어요?"
그래놓고 그걸 다 먹었습니다. 대신 밥을 덜 먹어야지 했는데
배추김치가 맛있어서 밥도 거의 다 먹었습니다.
두사람만 먹을 때는 더 간단히 먹자고 약속을 했지만, 아내는

2004.11.10
이철수드림

자주 그 약속을 안지킵니다. 못 지키겠다고 합니다. 나무라고 싶기
보다는 은근히 고맙고 반갑기도한 약속위반입니다. 푸짐한 상은
단순한 밥상과는 또다른 즐거움을 줍니다. 가끔이라면, 그것도
인생에 있어서 좋은 추임새가 되겠지요. 오늘도 그랬습니다.
"오늘도, 맛있게, 잘먹었어요. 고마워요." "저두요. 고마워요"
그렇게, 저녁을 먹고 났습니다. 잡채 그림은 썩 맛있게 못 그렸네요.

고마운 약속 위반

두 사람만 먹을 때는 더 간단히 먹자고 약속을 했지만,
아내는 자주 그 약속을 안 지킵니다. 못 지키겠다고 합니다.
나무라고 싶기보다는 은근히 고맙고 반갑기도 한 약속 위반입니다.
푸짐한 상은 단순한 밥상과는 또 다른 즐거움을 줍니다.

궂은비 지나가시고
찬바람이 들이어
옵니다. 바람끝이 매서운것 보니 내일은 춥겠습니다.

2004.11.12
이철수드림

첫추위가 제일 힘들지요? 며칠 춥게 지내면 덜해집니다.
첫추위는 마음이 제일 시립니다. 따뜻한집이 없고 쌓아놓은 양식이
넉넉찮은 사람들에게는 동장군보다 입동 부근의 설추위가 오히려 더
맵습니다. 겨울채비 잘하시구요! 조금만, 마음하고 주머니 덜어서
어렵고 외로운 이웃들 살펴보시자고 이야기 합니다. 나누면 덜추울듯
해서요. 나누면 따뜻해 질지도 모르지요. 시린손 마주잡으면 그렇지요?

시린 손 마주 잡으면……

첫추위에는 마음이 제일 시립니다.
따뜻한 집이 없고 쌓아놓은 양식이 넉넉잖은 사람들에게는
동장군보다 입동 부근의 설 추위가 오히려 더 맵습니다.

목침을 새로 만들었습니다. 아니, 고쳤습니다.
오래전에 아버지께서 만들어 주신 것을 새로 다듬은 것이라
새로 만들었다기는 좀 그렇습니다. 아침부터 시작해서
틈틈이 깎고 가다듬고 초를 칠해서 녹여 넣고 다시 문지
르고, 좀 둔한 듯한 모양을 날렵하고 얄팍하게 만드는

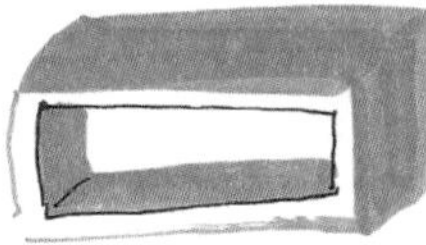

2004. 11. 14 이철수 드림

것으로 끝이 났습니다. 동네에서 점심 준다는 이가 있어서
거기 다녀오고, 술도 한두 잔 마시고, 손님들 계셔서 이야기
나누고 헤어지고, 그러는 틈에도 일하고 이야기하면서도
일했습니다. 결국 종일 목침 다듬기로 지낸 셈입니다.
아주 잘 되었습니다. 이제 오래오래 손때가 묻어나도록 쓰는
일이 남았습니다. 이런 일은 휴식입니다. 그림은 일이지만.

목침

목침을 새로 만들었습니다. 아니, 고쳤습니다.

결국 종일 목침 다듬기로 지낸 셈입니다.

아주 잘 되었습니다.

이제 오래오래 손때가 묻어나도록 쓰는 일이 남았습니다.

이런 일은 휴식입니다. 그림은 일이지만.

여긴 벌써,
질것이 다지고
앙상한 나무들이
스산한 풍광을
이루고 있습니다.

겨울이, 발밑에서
얇은 얼음 부서지는
소리처럼,
위태롭고
냉정한 표정으로
서성입니다.

길거리 공사장에서는
공사마무리를
서두르는 기색이고,
행인들은 종종걸음으로

- 작은새들
추위에 어찌사나?

잘지내?

'새들소식' 한수

2004. 11. 15
이한수드림

초저녁길을 달려
어디론가 사라집니다.

아직 밤깊지 않는데
거리가 텅비었습니다.

- 이밤에, 집집마다
따뜻하신가?
- 거기서, 이밤에
다정하신가?
여쭙습니다.
- 그러시지요?
가난한 화가들의
겨울밤은 가난해도
아름다워야 할텐데
...

가난한 젊은 벗들을
만나고 났더니, 그런
생각이 들었습니다.

겨울밤

- 이 밤에, 집집마다 따뜻하신가?

- 거기서, 이 밤에 다정하신가?

여쭙습니다.

- 그러시지요?

가난한 화가들의 겨울밤은 가난해도 아름다워야 할 텐데…….

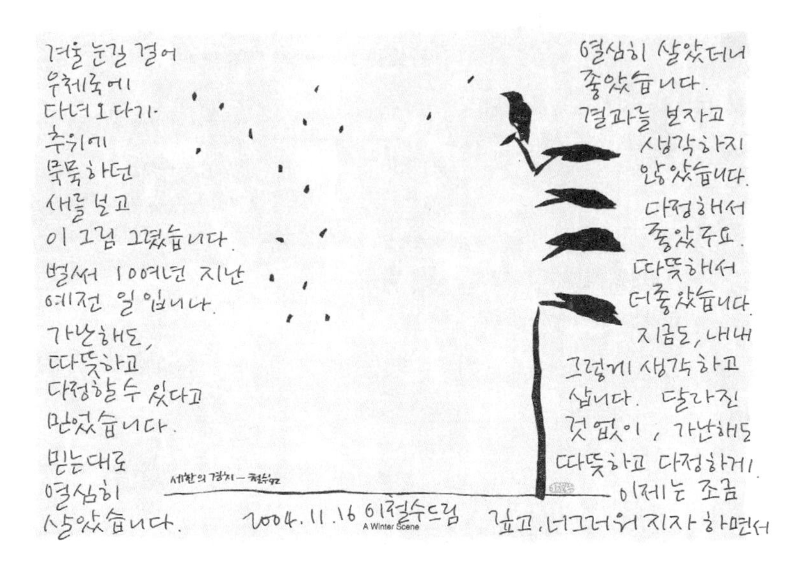

이제는 조금

겨울 눈길 걸어 우체국에 다녀오다가
추위에 묵묵하던 새를 보고 이 그림 그렸습니다.
벌써 십여 년 지난, 예전 일입니다.
가난해도, 따뜻하고 다정할 수 있다고 믿었습니다.

아이 수중에 이달치 생활비가 벌써 다쓰고 없다더니, 아마
재수한 친구들에게나 후배들에게 수능격려 선물을 준비하는데
탕진(?)한 모양입니다. 그래도 좋지요. 이럴땐 가난하게
한달 살도록 내버려 두어야 합니다. 자업자득 이니까!

2004.11.17 이철수드림

무섭게 경쟁하게하고 마음을 쉬게하지 않는 교육제도 안에서도 아이들
용케 견디고 우애를 만들어 갑니다. 고마운 일이지요. 놀라운 자기방어술
이기도 합니다. 이대로 망가질수는 없다는 생각이 그 밑바닥에서
자라는 건지도 모르지요. 수능준비하느라 학생도 고생했고 부모님들
모두 수고하셨습니다. 편안하게, 차분하고 조용히 마무리 하시기
바랍니다. 시험 끝내고 나면, 못읽은 책 이라도 읽고 견문을 넓히는
새공부길로 들어서 보아도 좋겠지요? 딸아이 '파산'을 축하하면서!

고마운 일

무섭게 경쟁하게 하고 마음을 쉬게 하지 않는 교육제도 안에서도

아이들 용케 견디고 우애를 만들어갑니다.

고마운 일이지요.

놀라운 자기 방어술이기도 합니다.

아내를 따라 시장에 다녀왔습니다. 주말쯤 김장을 한다고 했습니다. 무우·배추는 집에서 키운것을 쓰면 되고, 갓·쪽파 등은 사다써야 합니다. 청과물 도매시장으로 갔더니 김장채소가 꽤 많이 쌓여 있습니다. 여름·가을 동안 수고한 농사꾼들의 손길이 느껴지는 농산물 더미를 보는 재미가 있습니다. 한바퀴 돌아서 살것을 사고 돌아 오는 길은 해가 뉘엿뉘엿하는 초저녁입니다.

2004. 11. 18
이철수드림

잎이 스러져 앙상한 나무들이 서있는 가난한 마을로 돌아오면서 '슬픔도 아픔도 많은 시절이다!' 하는 생각이 들었습니다. 슬픔도 아픔도 참 많은 시대를 사는 사람들에게는, 연민이 넉넉하게 있어야 하겠구나 싶기도 했습니다. 이웃의 어려움이 남에일 같지 않다고 여기는 마음이 연민이겠지요? 슬픔·아픔을 마음에 담고 사는 사람들이 많으니 우리마음도 가볍고 밝기만 할수는 없는 노릇입니다. 때로 무기력해 보이는 실패한 사람들에게 까닭모를 분노를 느끼지만…

연민

잎이 스러져 앙상한 나무들이 서 있는 가난한 마을로 돌아오면서
'슬픔도 아픔도 많은 시절이다!' 하는 생각이 들었습니다.
슬픔도 아픔도 참 많은 시대를 사는 사람들에게는,
연민이 넉넉하게 있어야 하겠구나 싶기도 했습니다.

2004. 11. 19
이철수드림

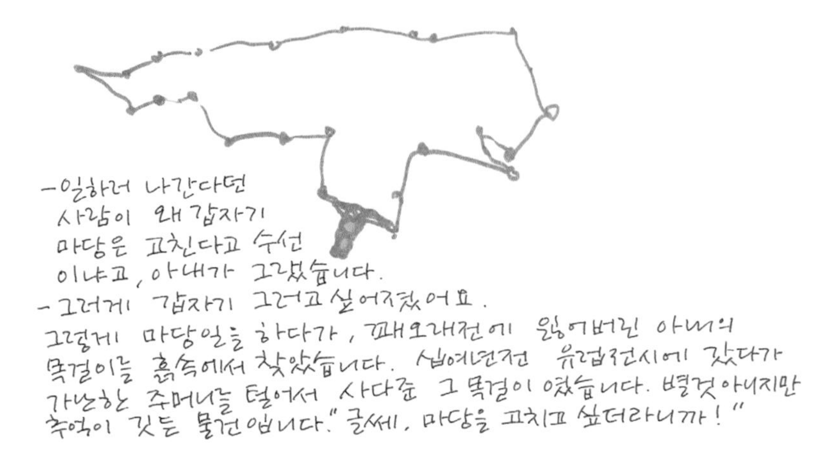

마당 일

일하러 나간다던 사람이 왜 갑자기 마당은 고친다고 수선이냐고,
아내가 그랬습니다.
- 그러게 갑자기 그러고 싶어졌어요.
그렇게 마당 일을 하다가, 꽤 오래전에 잃어버린 아내의 목걸이를
흙 속에서 찾았습니다.

하루이틀도 아니고, 한달두달도 아니고, 일년 이년도 아닌데, 거의
매일 하루세끼 밥을 짓고 반찬을해서 상을 차리는 일을 하는
여인은 놀랍습니다. 어머니 손을 빌어서 밥을 먹다가 이제는

2004. 11. 23 이철수드림

아내의손을 빌어 밥을 먹습니다. "오늘 저녁은 무얼먹나?" 하고
건너간 아내가 따끈한 계란탕을 올려놓았습니다. 잘 익은
알타리김치와 갓지은 밥으로 저녁을 달게 먹었습니다.
때로 같은 반찬으로도 입맛없지않고, 가끔 별식으로 즐겁기도
합니다. 그림한두장도 내내 좋기 어려운데… 요술같은 밥상입니다.

요술 같은 밥상

"오늘 저녁은 무얼 먹나?" 하고 건너간 아내가
따끈한 계란탕을 올려놓았습니다.
잘 익은 알타리김치와 갓 지은 밥으로 저녁을 달게 먹었습니다.

오누이·형제가 모두 모여서 겨울채비로 김장을 했습니다.
함께 어울려 배추를 절이고, 김치소를 준비하고, 배추씻어
건지고, 속넣어 봉지봉지 독에넣고 하는 일이 이틀동안
계속입니다. 일마치고 나서 온천도 하고 칼국수로 저녁도
나누고 밤길에서 헤어졌습니다. 모처럼 참좋았습니다.
중년의 형제들이 아이들처럼 웃으며 이야기하고 떠드는소리가
저만치 떨어진 길에서도 다들렸습니다.
싸우고 다툴일 없으니 만나는 일이 언제나 기쁨입니다.
내년에도 같이하자하고 약속했습니다.
올겨우내 같은맛의 김치가 이집저집 상에 오르겠지요?
연세드신 어머니가 전화 주셨습니다.
-다들 애썼다. 잘했다.
사이좋게 어울려 일하고 정을 나누는 자식들이 예뻐보이셨겠지요.
저녁먹고 늦게야 떠났다는데도, 다 잘했다십니다.

며칠전 일입니다. 2004.11.26 이철수드림

다 잘했다

오누이 형제가 모두 모여서 겨울 채비로 김장을 했습니다.
올 겨우내 같은 맛의 김치가 이집 저집 상에 오르겠지요?
연세 드신 어머니가 전화 주셨습니다.
-다들 애썼다. 잘했다.

누가 사주를 묻습니다.
-저는 사주대로 안살기로 했습니다.
하고 대답했지요.

-얼굴에
굶어 죽자고해도
밥 안굶겠다고
씌어 있습니다.

-……
그래요?
알고 있습니다.
이렇게 열심히 일하는데요. 굶어 죽을 리가 있겠어요?
그렇게 대답했지요.
시절이 어려우니 곳곳에 명리학·점술이 성행합니다.
그도 작은 위안일수는 있겠지만, 하늘아래 땅위에
스스로 존귀하다는 우리 존재는 어쩌자구요? 마음 비우면 온통
하늘이고, 절로 아름다운 사람입니다.

2004.11.28
이철수드림

알고 있습니다

누가 사주를 묻습니다.
-저는 사주대로 안 살기로 했습니다, 하고 대답했지요.
-얼굴에, 굶어죽자고 해도 밥 안 굶겠다고 씌어 있습니다.
-……그래요? 알고 있습니다. 이렇게 열심히 일하는데요.
굶어죽을 리가 있겠어요?

노숙자가 많아졌답니다.
어려운 시대를 온몸으로 겪게되던 사람들이 많다는 뜻입니다.
눈에 보이는 저 이들 뿐이겠어요? 곳곳에 뼈아픈 삶을 사는 이들이
많겠지요. 심지어 가족 노숙도 있다고 합니다.
어린아이들 데리고
길에 나앉는
어른들의
마음이
손에잡힐듯해서 더 마음아픕니다.
고마운것은, 헤어지지 않고 함께 한데잠을 자는 부모들입니다.
극단적인 어려움속에도 함께하는 그마음에서,
그래 가족이 그런것이지!
가정이 어떤 건데!
하는 생각하며
새롭게 배웁니다.
사회가 그이들 지켜주어야
합니다. 홍청망청 함부로
이밤을 사는 것 범죄지요.

우리는 함부로 살고
세상은 누가 반듯하게 하나요?
밤바람이 찹니다. 아프게…
2004. 11. 20 이철수드림

밤바람이 찹니다

어린아이들 데리고 길에 나앉는 어른들의 마음이
손에 잡힐 듯해서 더 마음 아픕니다.
고마운 것은 헤어지지 않고 함께 한뎃잠을 자는 부모들입니다.
사회가 그이들 지켜주어야 합니다.
홍청망청 함부로 이 밤을 사는 것 범죄지요.

겨울 채비

소나무가 조심스럽게 낙엽을 떨어뜨려서 겨울 채비를 한다.
늘 푸른 소나무도, 묵은 것을 버리고 무성한 것을 덜어서
푸름 일색을 지켜간다는 걸 안다. 소나무도.

혼자사시는 촌로의 오막살이에 일찍 불이 꺼지고, 굴뚝에 희미하게
흘러나오는 군불흔적. 아직 살아 계시는구나! 냇내 떠다니는
밤길에 온통 외로움뿐. 거기 아침은 일찍 찾아 오시지.
시린 밤 자고 나면, 서둘러 새벽군불을 지피시는 가난한 노경.
삶은 나서 일하다 늙어·····, 죽는것. 저녁 군불 지핀 아궁이처럼
2004. 11. 22 이철수드림

군불 지핀 아궁이처럼

혼자 사시는 촌로의 오막살이에 일찍 불이 꺼지고,
굴뚝에 희미하게 흘러나오는 군불 흔적.
아직 살아 계시는구나!
냇내 떠다니는 밤길에 온통 외로움뿐.

새벽이면 허옇게 서리내려있는 이계절에, 한데서
기르는 개처럼 몸을 웅크리고 밤을 새는 사람들이 있다.
죄없는 사람들. 슬픔과 외로움이 사무칠 그이들에게는
밤새 영롱한 겨울별빛이 피울음 삼키며 반짝이는 듯
싶을거라.

2004.11.22
이철수

작은행복으로 달뜬 이들에게는 깔깔웃음 같이 명랑한
별일거라. 영혼이 추한 이들은 별빛따위 상관하지
않을거라. 이렇게 무서운 시대가 그리 서둘러 사라지지도
않을거라. 마음이 따뜻한 '당신'. 그대가, 겨울밤 저기
흔들리는 별빛과 만나고, 죄없이 가난한 이웃과도 만날뿐

별빛

새벽이면 허옇게 서리 내려 있는 이 계절에,
한데서 기르는 개처럼 몸을 웅크리고 밤을 새는 사람들이 있다.
죄 없는 사람들.
슬픔과 외로움이 사무칠 그이들에게는
밤새 영롱한 겨울 별빛이 피울음 삼키며 반짝이는 듯싶을 거라.

겨울

산은 겨울산도 깊고, 마음은 묵은장맛처럼 깊어질줄 모른다. 매일
얼굴을 씻듯 마음을 씻더라도, 더 닦을 것 없이 그윽하고 조용한, 깊은데
서 울리는 적막한 소리는 따로 있는 법. 노인의 기침소리처럼 왔다
가는 소리. 겨울추위와 적막속에서 그소리를 기다린다. 기다린다고?

겨울 산은 깊고

매일 얼굴을 씻듯 마음을 씻더라도, 더 닦을 것 없이 그윽하고 조용한,
깊은 데서 울리는 적막한 소리는 따로 있는 법.
노인의 기침 소리처럼 왔다 가는 소리.
겨울 추위와 적막 속에서 그 소리를 기다린다.

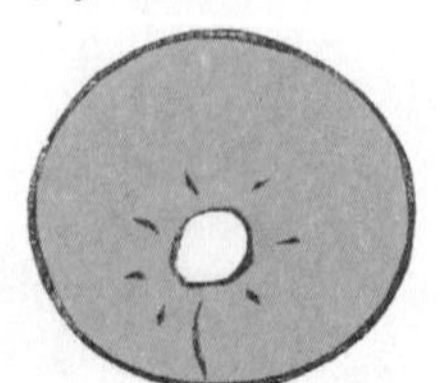

잠 못 드는 밤

– 밤은 밤새 걸어서 새벽에 닿는다. 내가 잠든 그 밤에도.

– 잠 못 드는 밤에 흐린 불 켜고 조용히 앉아 있으면 밤이 걷는 소리 들린다.

동네식당에 저녁먹으러 가는데 아내가 보퉁이를 들고 나섭니다.
오는길에는 그 속에 비닐 봉지가 들려 있었지요.
가면서 아이들 옷가지와 양치마가 있어 챙겨 드렸더니 오는길에
청국장 두덩이와 두부한모 주시더라며 절더러 들고 가자고 합니다.

물물교환? 하고 생각했다가 마음나누기! 정나눔! 으로 정정했습니다. 작은것이 오고 가면 정입니다. 큰것이 오고 가면 뇌물수수가 되는거지요. 밤길에, 만두국으로 채운 속보다 손끝에서 달랑대는 청국장·두부가 더 따뜻했습니다. 참 작은것 있거든 나누세요. 마음이니까, 마음이 그걸 다 알지요. 추운밤에. 2004.12.6 이철수 드림

마음 나누기

작은 것이 오고가면 정입니다.
큰 것이 오고가면 뇌물수수가 되는 거지요.
밤길에, 만둣국으로 채운 속보다
손끝에서 달랑대는 청국장, 두부가 더 따뜻했습니다.

다 살고 나면
조등하나 걸리지
나고 죽는것 일상사
가난한 마을 골목에
조등하나.

2004. 12. 10
이철수 드림

조등

다 살고 나면 조등 하나 걸리지.
나고 죽는 것 일상사
가난한 마을 골목에 조등 하나.

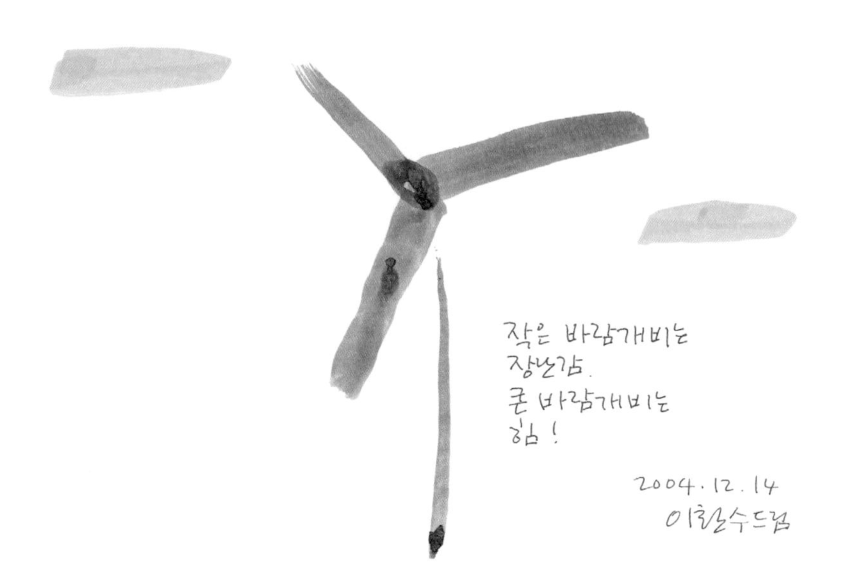

바람개비

작은 바람개비는 장난감.

큰 바람개비는 힘!

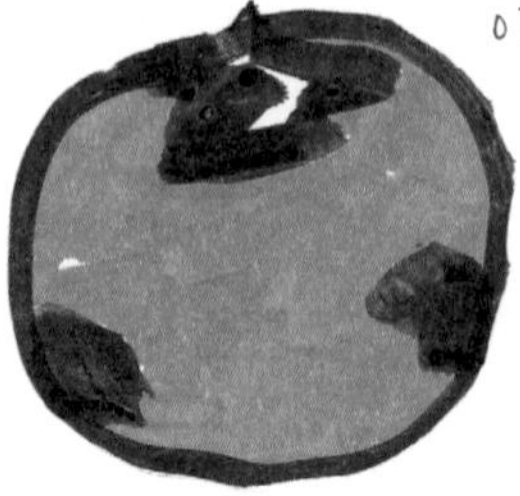

해남 단감 이야기

퇴비간에서 남도 단감이 썩고 있네요.

못 먹게 생긴 동네 감은 나무 꼭대기에서 여전히 곱게 붉은데!

귀한 것이라고 멀리서 왔다가 낭패를 보게 되었으니 죄송 천만입니다.

밤늦도록 비가 내렸지요? 자고 일어나 보니 비개인 봄날 같았습니다.
오늘은 화창합니다. 겨울비가 풍경을 깨끗하게 씻어 주었습니다. 겨울, 비?…
풍경도 그렇고, 몸도 그렇지요. 씻고나면 개운합니다.
마음도 그렇지요? 후배가 옛물건 파는 골동가게를 열었다고 해서
다녀온 뒤에
먹으로 그린
가구입니다.
돈궤라고
하네요.
예전에는
이곳
궤짝에
엽전을
그득하게
넣어두고
포만감을

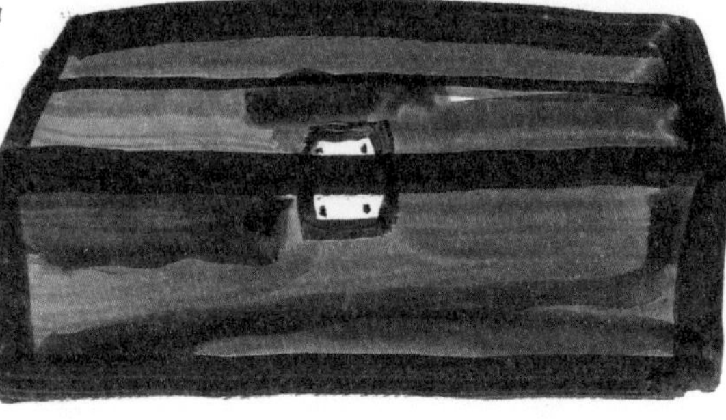

2004.
12.16
이철수드림

즐기는 부자들이 있었겠구나 싶었습니다. 원색적인 부의 향수 같은것이지요.
요즘은 돈이 추상이 되었습니다. 돈 많다고해서 금고가 크거나 돈궤가
크지는 않습니다. 돈이 눈에 보이지 않으니 포만감도 그만큼 줄어들었나
봅니다. 돈 욕심은 갈수록 커집니다. 여간 어렵지않은 시절을 삽니다.

돈 궤짝

요즘은 돈이 추상이 되었습니다.
돈 많다고 해서 금고가 크거나 돈궤가 크지는 않습니다.
돈이 눈에 보이지 않으니 포만감도 그만큼 줄어들었나 봅니다.

곱게 매만져 놓은 낡은가구도 아름답지요?
오래되어서 귀해진 물건들은 꽤나 비싼값에 팔리기도 합니다.
골동에 욕심을 낼만한 안목이 없으니 돈이 없는것 이야 핑게조차 될수 없는 일입니다.

그저, 보고,
좋구나. 할 뿐이지요.

판화를 하는
사람이라
옛 판화가 실린
책을 보면
탐이 나기는 합니다.

-그리고 새기는일이
내 몫이니까
사고 모으는일은
욕심내지 말자! 그렇게 생각하고 지냅니다. 값싼 실용품이던
물건들이 몸값을 높여 귀한 몸이 되는것 보고 있으면 걱정스럽지요.
기름에서 건진것 처럼 반드름한 골동이 그러는것 같습니다. "곱게 나이먹어!"

2004.12.17
이철수드림

골동

값싼 실용품이던 물건들이 몸값을 높여 귀한 몸이 되는 것
보고 있으면 걱정스럽지요.
기름에서 건진 것처럼 반드름한 골동이 그러는 것 같습니다.
"곱게 나이 먹어."

'물건'

하다 보면 어느 순간 '이거다!' 하는 작품이 나타납니다.
'만드는' 것이 아니라 문득 '나타나는' 것 같은 기분이지요.
그렇게 만나는 것을 두고 '물건'이라고 부르기도 합니다.

쨍! 울리는 듯 차가운 물속에 손을 담그면, 마음속에
주저물러 앉으려드는 나태며 안일이 소스라쳐
깨어나는 듯 합니다. 틀면 더운물이 나오고, 내복
바람에 씻고 벗고 해도 추운줄 모르는 더운방안
에서 이겨울을 다 지내면 안될것 같은 기분이
되었습니다. 정치도 갈수록 질펀이는 듯 하지요?
우리 마음이나 한번쯤 추스리자 하고 싶어서요.

차가운 물에

틀면 더운 물이 나오고, 내복 바람에 씻고,
벗고 해도 추운 줄 모르는 더운 방 안에서
이 겨울을 다 지내면 안 될 것 같은 기분이 되었습니다.

흰눈이 아름답고 포근해 보여도 밖에서
밤을 지새는 가난한 이웃의 한기와
배고픔을 가려주지는 못합니다.
아름다우신 이, 용기있고 거룩한 분이
세상에 오신날입니다.
세상살이 힘겹고 어려운 이들을 위해
오셨다고 스스로 말씀하셨습니다.
그 간곡한 말씀이 하늘에서 땅으로
나리신 것을 함께 기뻐합니다.
그 말씀이 어서 이땅에 가득하시기
빕니다. 축성탄! 하늘에 영광! 땅에 평화!

축 성탄!

아름다우신 이, 용기 있고 거룩한 분이 세상에 오신 날입니다.
세상살이 힘겹고 어려운 이들을 위해 오셨다고 스스로 말씀하셨습니다.
그 간곡한 말씀이 하늘에서 땅으로 나리신 것을 함께 기뻐합니다.

농촌의 성탄절은 적막합니다.
그 적막 속에서 하루가 저물어, 초저녁 갓 지났는데 벌써 인적 없이
조용해졌습니다. 이른 저녁 드시고, 동네 노인들은 물건 파는 장사꾼들의
봉고차를 타고 장터에 가셨나 봅니다.
해마다 겨울이면 오는 장사꾼들이, 큰 천막에 무대를 꾸미고 어른들
꾀어다 온갖 아양을 떨고 재미있게 놀아드리는 모양입니다.
놀아드리고 재미를 나누어 드리는 틈틈이 물건도 판다지요? 오늘까지는
—메리크리스마스!를 외치면서 어른들을 홀리고 있을지도 모르겠습니다.
겨울 깊어지고 나면 제 집으로도 돈 꾸러 오시는 어르신들 계실지 모릅니다.
작년에도 그랬거든요.
—물건은 사지 마세요! 했지만,
—놀아주는데 어떻게 안 사유! 하시는 대답을 들었습니다.
적막하고 무료한 겨울, 어른들의 겨울나기가 그리 간단치는
않아 보입니다.

2004. 12. 25 이철수

어른들의 겨울나기

해마다 겨울이면 오는 장사꾼들이,
큰 천막에 무대를 꾸미고 어른들 꾀어다
온갖 아양을 떨고 재미있게 놀아드리는 모양입니다.
놀아드리고 재미를 나누어드리는 틈틈이 물건도 판다지요?

이제 연세 많으신 부모님을 자주 뵙고 지내자한 다짐이 수포로 돌아갔습니다. 한해 저무는데, 올해안에 가서 뵙는 일도 뜻대로 안될듯 싶습니다. 외출이 드물어 지신뒤로 얼굴색이 희어져서 얼핏 뵙기는 고와도 보이고 좋아도 보이지만 일을 통해 얻을수 있는 활력은 많이 잃으셨단 뜻입니다.

2004.11.26
이철수드림

부드러운 간식거리라도 앞에두고 그저 평범한 이야기 나누는 저녁나절이 내년에는 조금 늘게되기를 바랍니다. 여쭈어 보고 싶은 말씀도 적지 않은데, 사는게 늘 이렇습니다. 나누는 이야기 많지 않아도 함께앉아 있을수만 있다면 그도 좋은일이지 싶습니다. 생각이 많아집니다. …

부모님

외출이 드물어지신 뒤로 얼굴색이 희어져서
얼핏 뵙기는 고와도 보이고 좋아도 보이지만
일을 통해 얻을 수 있는 활력은 많이 잃으셨단 뜻입니다.

가방하나
선물로 받았습니다.
손바느질로 꼼꼼하게 누벼서
공들여 만든 물건입니다.
받고 참 좋았습니다.
나이들어도,
받아서 각별한 선물이
있는 법이지요.
직장생활하는 제수가
틈틈이 만들어서,

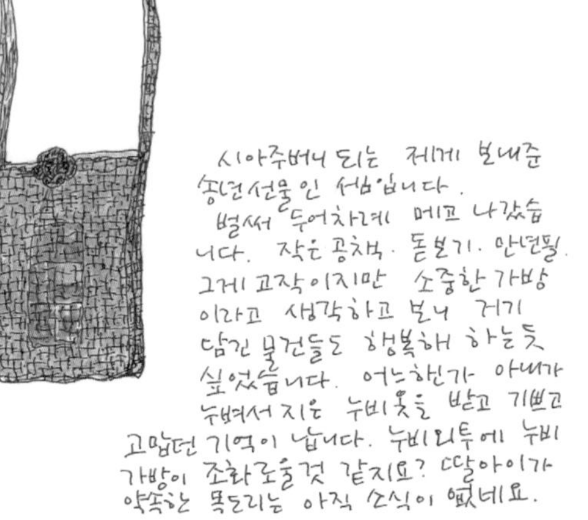

누비 가방

나이 들어도, 받아서 각별한 선물이 있는 법이지요.
직장 생활하는 제수가 틈틈이 만들어서,
시아주버니 되는 제게 보내준 송년 선물인 셈입니다.
벌써 두어 차례 메고 나갔습니다.

새해

한 해가 저물어갑니다.

해는 뜬다 하고 안 뜨는 일이 없으니,

내일 새 해가 밝아서 새해가 되겠지요.

큰 산처럼

집이 산 같으니 해가 친구처럼 뜬다는 연하 그림 한 장을 새겼습니다.
집도 그렇지만 마음이 큰 산처럼 의젓하기 바라는 마음이었습니다.
한 해, 넉넉하시기 빕니다.

아는집에가서 차한잔 마셨습니다. 옛 청화백자잔이
적당히 익어 편안해 보였습니다. 묵은 인연이 좋은것은
사람사이가 오래 되어 편안하기 때문입니다.
낡아 갈수록 좋아지는 인간관계가 최고지요?
서로 마음쓸 필요 없이 있는 그대로 드러내고 지낼수있는
그 좋은 관계를 위해, 무심한듯 마음 드리고 받아야 합니다.
서로, 마음

낡을수록 좋아지는

아는 집에 가서 차 한 잔 마셨습니다.

옛 청화백자 잔이 적당히 익어 편안해 보였습니다.

묵은 인연이 좋은 것은

사람 사이가 오래되어 편안하기 때문입니다.

모처럼 밤에 딸아이와 아내와 함께 가벼운 외출입니다.
가까운데 사시는 형님댁에 가서 차 한잔 하고 오자한
걸음이었습니다. 살다보면 혈육처럼 가깝게 느끼며 사는
관계도 있기 마련입니다. 참 오랫만에 아이들과 함께한
자리라 더 좋았습니다. 이런저런 이야기 나누다가 돌아오는
밤길에 별이 그득했습니다. 겨우내 눈대신 별구경이

장관이게 생겼습니다. 겨울가뭄이 꽤 심각해지는 중
입니다. 눈이 많아야 덜 매서운 겨울이 되는데… 그도
걱정입니다. 그윽한 차 한잔이 좋은것은, 함께 나누는
사람의 향기와 온기가 더해져서라고 하는 편이 옳을듯
싶습니다. 평안들 하신지요? 겨울 안부 여쭙습니다.

겨울 안부

이런저런 이야기 나누다가 돌아오는 밤길에 별이 그득했습니다.
겨우내 눈 대신 별 구경이 장관이게 생겼습니다.
그윽한 차 한 잔이 좋은 것은,
함께 나누는 사람의 향기와 온기가
더해져서라고 하는 편이 옳을 듯싶습니다.

들일 없는 겨울이면 소쿠리에 담긴 마른 대추처럼 되어서
가만히 겨울주경을 하고 지냅니다. 영낙없는 마른 대추지요.
물기 빠져서 쪼골쪼골한 몰골로 추위를 타는 중년의 겨울나기.
쓸데없이 바쁜 나날이 되기도 하지만, 조용히 겨울을 음미
하고 바라보는 여유로움을 꿈꾸는 깊은 속마음이 어디가나요?

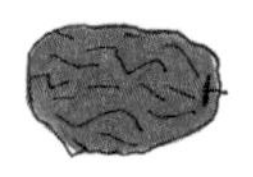

있을 테지요? 그러나
조심조심 열심히!
2005. 1. 6

2005. 청송

그래서 마음에 습기가 더욱 빠지고 탄력없이 매말라가는
안쪽이 조바심하게 합니다. 누가 그랬습니다. 쉬는 일보다
진정으로 생산적인 일은 없다고. 쉬지도 못하는 나날을
그래도 견디는 건, 그게 때로 기쁨이고 보람이기도 하기
때문이지요. 그러면서 끝없이 고요를 꿈꾸고 ...
겨울밤이 깊어갑니다. 좋은 사람들과 함께 가슴속 온기와
외로움을 나누면 힘이 되는걸 압니다. 그 아름다운 얼굴들
떠올리고 있습니다. 어디선가 저를 쳐다보고 있는 이들도

마른 대추

누가 그랬습니다.
쉬는 일보다 진정으로 생산적인 일은 없다고.
쉬지도 못하는 나날을 그래도 견디는 건,
그게 때로 기쁨이고 보람이기도 하기 때문이지요.

바늘꽂이가 이렇게 예쁩니다. 제 아내가 쓰는 물건이기는
하지만, 솜씨는 옛사람들 솜씨지요. 바느질하면서 이런 호사
하고 살았으면 가세가 넉넉한 양반 사대부거나 부잣집의
안방마님 쯤 되셨지 싶습니다. 그래도 그 물건이 소중한 아름
다움이라 여기는 건 요즘 여유있는 부인네들은 바느질 따위
안중에 없이 산다고 짐작하는 때문입니다. 일을 잃어버리고,
일을 잊어버린, 풍요와 여유의 시대가 삭막해 보입니다. 2005.1.7

바늘꽂이

바느질하면서 이런 호사하고 살았으면

가세가 넉넉한 양반 사대부거나 부잣집의 안방마님쯤 되셨지 싶습니다.

그래도 그 물건이 소중한 아름다움이라 여기는 건

요즘 여유 있는 부인네들은 바느질 따위

안중에 없이 산다고 짐작하는 때문입니다.

철책이 눈앞에 펼쳐진 최전방 전망대를 향해 오르면서, 동행해 줬던 두 사람과 농담을 나누었습니다. 북에서 대남방송하는 목소리를 흉내 내어 하는 말입니다.
"유아무개 동지의 철책선 방문을 환영하오! 이철수 간나새끼도 같이 왔다고 들었오. 윤아무개가 안내했다는 사실도 알고 있오. 동무들을 환영하는 바이오!" 그렇게 이야기 하면서 함께 웃었습니다.
북녘땅이 바로 코앞이었습니다. 아직은 멀지만, 언제고 하나 되어야지요.

최전방 전망대

"유 아무개 동지의 철책선 방문을 환영하오!
이철수 간나새끼도 같이 왔다고 들었소.
윤 아무개가 안내했다는 사실도 알고 있소.
동무들을 환영하는 바이오!"

어둠속에서 책읽을수 있으신가요? 칠흑처럼 어두운
밤에 반딧불 만한 불빛도 없이 책읽으실수 있어요?
~ 그럴수 있다면 대단한 일이지요?
그런 굉장한 기계장치가 발명 되었느냐구요?

<사랑>

그건 아니구요.
충주성모학교에 가서, 맹아들 공부하는것 돌아보고 오는길에 교장수녀님께
전해들은 이야깁니다. 맹인학생들은 불꺼진방 이불속에서도 손으로
점자책을 더듬어 온갖 책을 다 읽을수 있다고 했습니다. 눈썹 밑에
눈도 눈이지만 맹인들 손끝도 놀라운 눈인줄 처음 알았습니다. 2004.12.22

놀라운 눈

맹인 학생들은 불 꺼진 방, 이불 속에서도
손으로 점자책을 더듬어 온갖 책을 다 읽을 수 있다고 했습니다.
눈썹 밑의 눈도 눈이지만
맹인들 손끝도 놀라운 눈인 줄 처음 알았습니다.

솔숲에서

지난 12월에 의림지 솔숲에 앉아 끼적인 소나무 한 그루입니다.
말없이 저 키, 저 자태를 갖추느라 보낸 세월이 짐작이 갑니다.
인생은 때로 '두고 보면 안다!' 하고 살아도 좋은 일이지 싶었습니다.

2005. 1. 13 이철수 드림

겨울속에 따사로움이 있습니다. 한낮 햇살이 그득한 남쪽창으로 자리를
옮겨 앉아 있으면, 아프지않는 빛나는 화살이 쉬지 않고 날아와 마음에도
꽂히고 몸에도 박힙니다. 눈은 어두워 지지요. 햇볕속에 앉아있다가
책상으로 돌아와 앉으면 그림도 글씨도 읽는수가 없습니다. 그래도 밝고
따스한 기운이 좋아 그곁에 오래오래 앉아 있고 싶어집니다. 좋은 사람이
꼭 이럴거라. 그곁에서 떠나고 싶지 않고. 바라보다 눈멀어 버리는…

한낮 햇살

햇볕 속에 앉아 있다가 책상으로 돌아와 앉으면
그림도 글씨도 읽을 수가 없습니다.
그래도 밝고 따스한 기운이 좋아
그 곁에 오래오래 앉아 있고 싶어집니다.
좋은 사람이 꼭 이럴 거라.

콩 한자루 샀습니다.
이웃 어르신들이 기르신
메주콩 한자루
넉넉히 너말은 된다고
하셨습니다.
이제 연세 많으셔서
농사일을 접고
도시에 사는 아드님 댁으로
옮겨 가셨습니다.
올겨울 들면서 가시더니
엊그제 다니러 오셨다며
들르셨습니다.
할머니는, 좋은 이웃을 팽개치고
답답한 아파트에 산다며
눈물바람이십니다. 얼핏
뵙기에는 신수가 훤해지신
모습이신데, 오래 일하며
사신 버릇을 버리지 못해
가만 앉아서 주는 밥을
기다리기 힘드신 모양
입니다. 콩을 실어다 농협
에 내시겠다기에 저희가
쓰겠다 하고 받아두었습
니다. 올해 콩농사도 접어
버린 터라 콩을 쓸 일도
있었지만 어르신들의 마지막
농사에서 얻은 소출을 받아
두고 싶기도 했습니다.
어디서건 건강하시기를….

2005.1.16
이경수드림

콩 한 자루

할머니는, 좋은 이웃을 팽개치고 답답한 아파트에 산다며 눈물바람이십니다.
얼핏 뵙기에는 신수가 훤해지신 모습이신데,
오래 일하며 사신 버릇을 버리지 못해
가만 앉아서 주는 밥을 기다리기 힘드신 모양입니다.

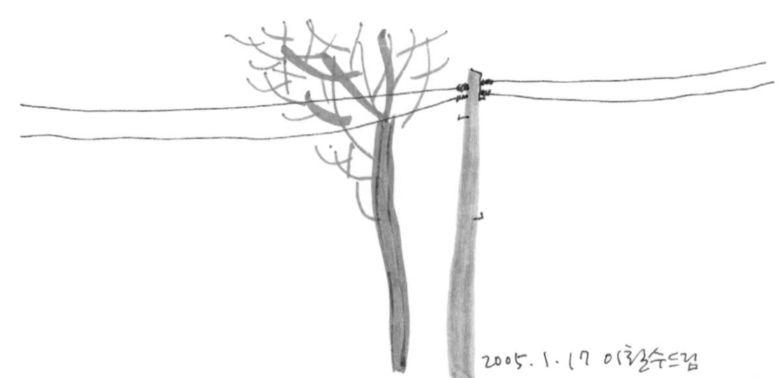

손금

옆집 노인네 부지런한 가지치기로
한쪽으로만 무성하게 자란 오동나무 가지가 가엾기도 했는데
오늘 보니 씩씩한 손금 같았습니다.

2005. 1. 18
이철수드림

밤눈이 소담스럽습니다. 긴이야기 대신
넉넉하고 아름다운 눈발 보냅니다.
잠시 눈오시는 소식 들어 보시지요.
세상과 마음의 구차한 변명 같은것
잊어도 좋을 듯합니다. 눈이 오시네요.

눈이 오시네요

밤눈이 소담스럽습니다.
긴 이야기 대신 넉넉하고 아름다운 눈발 보냅니다.
잠시 눈 오시는 소식 들어보시지요.
세상과 마음의 구차한 변명 같은 것 잊어도 좋을 듯합니다.

겨울 저녁상에 무슨 반찬 자주 올라오나요?
시린 배추김치 한포기 꺼내다 쭉쭉 찢어서 밥위에 걸쳐먹는 것도
재미있지요? 동치미 잘익었으면 밥이건 국수건 말아 먹어도 속이
시원합니다. 우거지 김치 모아두었다가 돼지고기 몇점 넣고 푹욱
끓이면 씹을것도 없이 미끄럽게 넘어가는 그맛도 여간 아닙니다.
그렇게 갈무리해 두었던 음식도 매력있지만,

2005.1.20 이철수드림

가을에 거두어놓은 콩 한바가지 퍼다가 불려 삶아서 청국장 띄워 놓으면
청국장 끓여 먹는 재미도 손꼽을만 합니다. 논에 나가 짚 한줌 쥐어다가
삶은콩 틈에 넣고 깔아서 보자기 덮고 담요 폭 덮어 놓으면 하얀 진이
끈적이는 청국장이 됩니다. 냄새가 고약하다는 이들도 있지만, 먹어
버릇하면 더없이 매력있는 향기가 되기도 합니다. '먹어 버릇하고
젖어서 익숙해지면' 그렇지요. 낯설면 소용없는 일입니다. 입맛도 시류가
있고 세태가 있어서 잊혀지는가 했더니, 요즘은 건강식으로 다시 각광받는다지요!

청국장

논에 나가 짚 한 줌 쥐어다가 삶은 콩 틈에 넣고 깔아서
보자기 덮고 담요 폭 덮어놓으면 하얀 진이 끈적이는 청국장이 됩니다.
냄새가 고약하다는 이들도 있지만,
먹어 버릇하면 더없이 매력 있는 향기가 되기도 합니다.

주말이면 어디 가시나요? 카드 쓰실 일이 있겠지요? 지갑에서 돈을 꺼내 일일이 세고 거스름돈 돌려받고 하면 덜 쓰게 될 돈도 카드로 쓰면 쉽게 쓰게 되지요? 간단히 계산하니까 좋기는 하지만 그게 다 갚아야 할 돈입니다. 돈을 추상화해서 쓰는 줄 모르고 쓰게

2005. 1. 21
이철수 드림

만들어놓으니 '신용불량자'도 많아지고, 씀씀이도 헤퍼집니다. 자주 마음의 주머니끈을 단단히 묶어두시기 바랍니다. 무지개빛 소비의 권리증 같은 신용카드지만, 자칫하면 소비여행의 '비자취소' '비자정지'를 당하기도 십상입니다. -당신에게 무지개빛 인생은 없다! 는 통보받지 않게 조심해야 합니다. 좋은 주말 되시기를…

무지갯빛 소비

돈을 추상화해서, 쓰는 줄 모르고 쓰게 만들어놓으니
'신용불량자'도 많아지고 씀씀이도 헤퍼집니다.
자주 마음의 주머니 끈을 단단히 묶어두시기 바랍니다.

건빵에 바늘구멍 두개는 바람빠지라고 뚫어놓은 거라지요?
부풀어 망가지지 말고 차분하게 익으라고 콕콕 바늘로 찔러
준 흔적이 눈같습니다.

2005.1.22 이철수드림

건빵 몇알 집어 먹다가 농담같은 생각하게되었습니다.
- 사람 얼굴에 눈두개 귀두개 콧구멍두개 입하나- 왜 뚫어
두었겠어? 바람들어 부풀지 말고, 얌전히 잘 사시라는 뜻
이시겠지!

차분하게 익으라고

건빵에 바늘구멍 두 개는 바람 빠지라고 뚫어놓은 거라지요?

사람 얼굴에 눈 두 개, 귀 두 개, 콧구멍 두 개, 입 하나.

왜 뚫어 두었겠어?

바람 들어 부풀지 말고, 얌전히 잘 사시라는 뜻이시겠지!

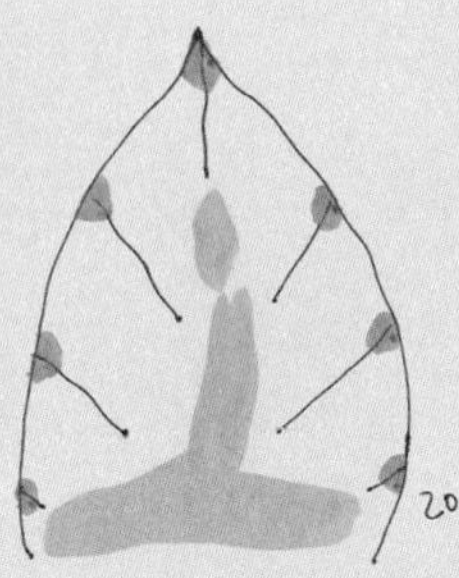

마음 집

인물이 못해서? 다리가 짧아서?

스타일이 아니어서? 머리가 나빠서?

설사, 눈 어둡고 귀 어둡고 말 못하고 사는 몸뚱이라도 엄연한 집입니다.

마음 깃들기 모자람이 없지요.

버스타고 어디 가는일이 너무 적어졌습니다.
승용차를 몰고 목적지를 향해 거침없이 달려갑니다.
어느 도시 의 골목길, 마지막 번지수 끝자리를 찾아가서 그 문앞에
차를 세우고 들어가기 일쑤지요.
지워지는 것은, 그 과정에서 만났을지도 모르는 낯선 거리와
그길을 걷는 사람들 입니다.

사람을 찾아가는길에 사람을 외면하고, 곳곳에 깃들어 있는 삶을
외면합니다. 외로움이 너무 무성해 지고 있지 않나요? 마음 깊은데서.
낯선 세계, 모르는 사람들이, 모두 우리 이웃 아닌가요?
지나치면 다시 만나지 못하는 사람이라고 생각하는 그이들이
우리들 아닌가요? 상대에게는 내가 낯설고 내게는 당신이 낯설지요.
그렇게 낯선 사람들끼리 위안이 되고, 그래도 혼자가 아니라고 느끼게
하는 것, 서로 스치고 있기 때문 아닌가요?

우리들

외로움이 너무 무성해지고 있지 않나요?

마음 깊은 데서, 낯선 세계 모르는 사람들이 모두 우리 이웃 아닌가요?

지나치면 다시 만나지 못할 사람이라고 생각하는

그이들이 '우리들' 아닌가요?

장터 다녀온 아내가 해준 이야기.
장터에서 올라오다가 나이드신 아주머니를 만났답니다. 인사 나누고
헤어지려는데, 동네 어느집에서 부침개 해먹으러 가는 길이라며
함께 가자더랍니다. 가서, 같이 부침해 먹고 가라고. 같이가도 된다고.
그러시더랍니다. 별것은 없지만 재미고 인심이라고. 함께가자 하시더랍
니다. 그냥 왔다고. 재미있게 맛있게 드시라고 인사하고 그냥 왔다고
했습니다. 도시에서도 그런 재미 정 없진 않겠지요? 부페 가는길인데
같이 가자고. 호텔식당에
가는데 같이 가자고.
그러시나요? 그럴지도
모르지만, 이건 시골인심
같진 않겠지요?
그래서 말씀입니다.
없이 살고 상차림이야
소박하지만, 사람살기야
여기가 낫지! 그런 기분이
되었습니다. 저녁을 드셨어요?

밥 뜨면 그릇 비고
배 불러 오는 법.
박한 그릇도 인생사라서…

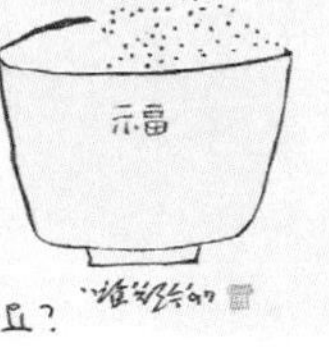

2005. 1. 30 이철수 드림

소박한 인심

장터에서 올라오다가 나이 드신 아주머니를 만났답니다.

인사 나누고 헤어지려는데,

동네 어느 집에서 부침개 해 먹으러 가는 길이라며 함께 가자더랍니다.

없이 살고 상차림이야 소박하지만,

사람 살기야 여기가 낫지!

어쩌면 이렇게 단순한 눈으로 사물을 보고 매력있게 표현할수
있는 걸까? 감탄하게 됩니다. 우리 민예품에서 흔히 발견하는
아름다움의 핵심은 단순하고 허심한데 있는듯 싶습니다.
소나무와 대나무를 보고 살기도 하고 좋아하기도 하지만 이런

단순함안에 그 아름다움을 다 담을수 있을거라고는 생각하지 않았습니다.
보았으니 흉내는 낼수 있겠지만, 그리고 수놓은 사람의 마음 됨됨이를
배우기전에는 그야말로 흉내 일 따름이지요. 허심은 무욕과도 통하고
무욕은 마음 비워야 얻는 것이지만, 존재가 머물거나 처해있는
그자리와도 무관하지는 않을 터입니다. 얻은것이 너무많은 자리에서
무욕을 이야기하는것도 때로 보기싫은 욕심사나움일듯합니다.

단순한 눈으로

허심은 무욕과도 통하고 무욕은 마음 비워야 얻는 것이지만,
존재가 머물거나 처해 있는 그 자리와도 무관하지는 않을 터입니다.
얻은 것이 너무 많은 자리에서 무욕을 이야기하는 것도,
때로 보기 싫은, 욕심 사나움일 듯합니다.

벌써 2월입니다. 해 바뀌고 한달이 지나 버렸습니다. 무얼하느라
한달을 흘려 버렸는고? 되묻고 싶은 기분입니다. 무얼했지? ....
뚜렷하게 이거다 하고 내세울 것을 만든것은 아니지만, 함부로
흥청망청하지는
않았으니
한달이 길바닥에
흘러 버리지는
않았을테지요.
전시준비도 하고,
여기저기
챙겨주어야할
크고작은일들이
여전히 많았습
니다.
모질게 굴지못한탓에
사람들 만나는데 쓴 시간도 많았습니다. 사람보면 좋지요. 일없이 그저
만나서 이야기 나누고 정도쌓고 하는 일처럼 좋은게 어디있겠어요?
그러고 나면, 밀린 일이 많아지고 서둘러야할 과제가 많아지니 그게 문제
지요. 일. 과제 따위 다 잊고다버릴수 있으면 좋겠는데, 아직은.....

2005. 2. 1
이철수 드림

일, 과제 따위

일 없이 그저 만나서 이야기 나누고
정도 쌓고 하는 일처럼 좋은 게 어디 있겠어요?
그러고 나면, 밀린 일이 많아지고 서둘러야 할 과제가 많아지니 그게 문제지요.
일, 과제 따위 다 잊고 다 버릴 수 있으면 좋겠는데, 아직은…….

밝고 우애넘치는
하루가 되시기를…

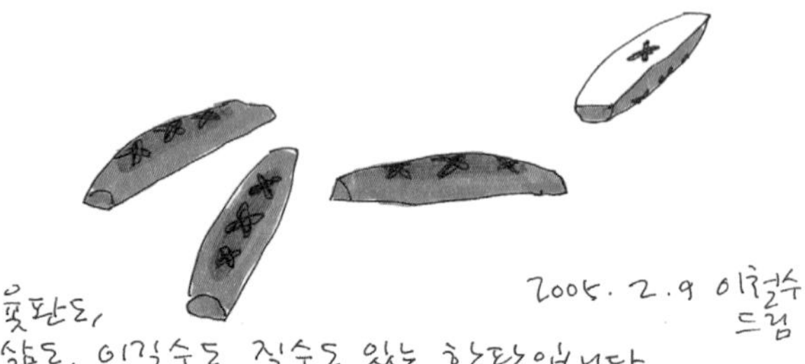

2005. 2. 9 이철수
드림

윷판도,
삶도, 이길수도 질수도 있는 한판입니다,
이겨도 좋고 져도 좋은 판이지요. 함께 어우러져
꿈인듯 놀다가는 길에, 다툼이라니요!
내내 행복하시라고, 덕담 보냅니다.

한판

밝고 우애 넘치는 하루가 되시기를…….

윷판도, 삶도…… 이길 수도, 질 수도 있는 한판입니다.

이겨도 좋고 져도 좋은 판이지요.

함께 어우러져 꿈인 듯 놀다가는 길에, 다툼이라니요!

다들 떠나고, 시골길은 여느때 밤의 적막속으로 빠져들고
있습니다. 가지많은 나무위에 새떼들 날아왔다가 우우
날아가 버린 그 장면 같았습니다. 어미의 마음은 나무처럼
변함없이 서있고, 자식의 마음은 날아다니는 새떼처럼
분주하고 제 형편따라 오고 갑니다. 나뭇가지는 이밤에도
괜찮다! 괜찮다! 하시는 듯 합니다. 잘들 다녀오고, 다녀들
가셨겠지요? 제기며 그릇 수저 제자리에 챙겨넣고 나니 또
언제 식구들이 다시 모이나? 생각해 보게 됩니다.
한사나흘 명절, 고맙기도 하고
허전하기도 하고, 그래도 좋았습니다.
가족을 만난 덕분에
힘을 얻으셨기 빕니다.

2005. 2. 10 이철수 드림

명절

다들 떠나고, 시골길은 여느 때처럼 밤의 적막 속으로 빠져들고 있습니다.
가지 많은 나무 위에 새 떼들 날아왔다가 우우 날아가버린 그 장면 같았습니다.
어미의 마음은 나무처럼 변함없이 서 있고,
자식의 마음은 날아다니는 새 떼처럼 분주하고 제 형편 따라 오고 갑니다.

등록금 내실 때가 되었나 봅니다.
대학생쯤 된 아이가 있으면 적잖은 돈을 들어다 아이 밑으로 쏟아 넣게 되지요? 아이에게 현금 지급기가 된듯 하다고 하신 글이 무겁습니다. 벌기는 어렵고 쓰는건 허망하도록 쉽습니다.
그 글 덕분에 박불똥 화백의 '압권'이라는 작품을 떠올리게 되었습니다. 오늘 그린 그림은 제 기억에 의지해서 그린 엉터리 이지만, 다채로운 경제학 이론 따위를 압도하는 '현찰 한권'의 위력을 통해서 자본의 무섭고 현실적인 힘을 느끼실수 있으리라 믿습니다. 돈에 눌려 사는 우리들의 자화상 이기도 합니다. 2005. 2. 11 이철수

*언제 한번 박불똥 화백의 생생한 꼴라주를 초대해 보고 싶었는데, 올해 그럴수 있기 바랍니다. 오늘은, '압권'을 흉내낸 이철수의 그림입니다.

압권

등록금 내실 때가 되었나 봅니다.

대학생쯤 된 아이가 있으면 적잖은 돈을 들어다 아이 밑으로 쏟아 넣게 되지요?

아이에게 현금지급기가 된 듯하다고 하신 글이 무겁습니다.

벌기는 어렵고 쓰는 건 허망하도록 쉽습니다.

저울 하나

살찐 새는 본 적이 없습니다.
야생의 것들은 가볍게 움직이지 못하면
죽음이 가까운 것을 아는 탓이지 싶습니다.
사람과 함께 사는 것들이나 사람을 닮아 살도 찌고 성인병도 앓습니다.

서울에 다녀왔습니다. 한 두시간 쯤, 방송을 위한 녹음을 했습니다.
방송을 위해 서울에 가볼일이 있었나? 있었던것 같긴 합니다.
모처럼 서울 다녀오느라 하루를 바쳤습니다. EBS에서 걸어나오는
길에 비좁은 인도 변에 서있는 프라타나스 가로수를 만나지 못했
더라면 하루를 다 바친 외출이 조금 더 아쉬웠을 듯 합니다.

2005. 2. 17
이철수 드림

오지혜씨가 진행하는 '만나고 싶었습니다'라는 프로그램 이었습니다.
언제방송하는지는 모르는채 내려왔습니다. "방송날짜도 모르고 왔
어요?" 하는 아내의 핀잔을 들었지요. "그걸 뭘들어요?" 했지만
실수했구나 싶긴 했습니다. 앞으로 어떻게 지낼거냐고 물었을때
"아내에게 핀잔 듣지 않고 지내야지요!"라고 대답하고 싶었는데…

만나고 싶었습니다

"방송 날짜도 모르고 왔어요?" 하는 아내의 핀잔을 들었지요.

"그걸 뭘 들어요?" 했지만 실수했구나 싶긴 했습니다.

앞으로 어떻게 지낼 거냐고 물었을 때

"아내에게 핀잔 듣지 않고 지내야지요!"라고 대답하고 싶었는데…….

〈별자리점〉이 있지요? 〈점성술〉이라기도 하고.
요즘은 젊은세대의 취향에 맞추어서 〈점술〉의 신세대화가
이루어 지는가 봅니다. 인터넷으로 보는 〈명리학〉도 있던데요?
별이 내운명을 다스린다거나 타고난 운이 있다는 생각에 마음
흔들리지 않기도 쉽지 않습니다. 그건 마음의 허술한 틈새를 비집고
드는 삿된 술수에 너무 마음 빼앗기지 마시라고 하고 싶습니다.
하늘이 다 정해놓은 운이 설사 있다해도, 하늘을 감동시켰다는 표현이
있는것, 한번쯤 떠올려 보시지요. 별자리점이 내운명을 설명
하려든다면, 내가 움직이면 별자리가 움직여 주기도 하려니 해도
좋은일 아닌가요? 욕심 버리면, 여러 좋다는 운이 유혹거리가 아니려니와
나쁘다는 액·살이 난처해할 것도 눈에 보입니다.

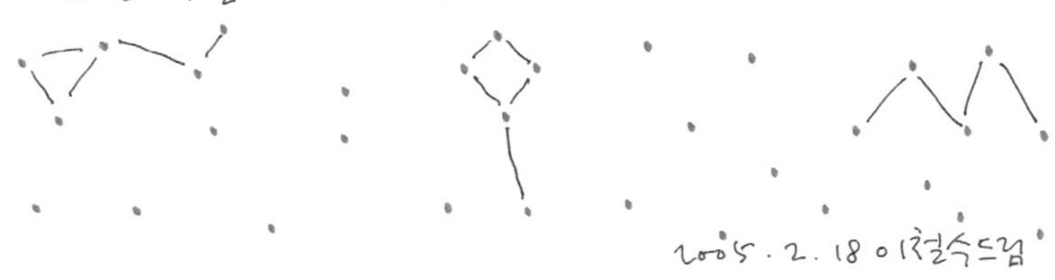

별자리

하늘이 다 정해놓은 운이 설사 있다 해도
'하늘을 감동시켰다'는 표현이 있다는 것,
한 번쯤 떠올려보시지요.
별자리점이 내 운명을 설명하려 든다면,
'내가 움직이면 별자리가 움직여주기도 하려니' 해도 좋은 일 아닌가요?

"어휴! 너무 떨려서 말을 못하겠어요."
하는 전화를 받았습니다.
학급문집에 제 그림을 많이
썼다면서, 보내시겠다는게
내용이었습니다.
편히 말씀하시라 해도
더 못하겠다 하고
끊었습니다.

수줍음속에
온전한 사람의 모습이
숨어있습니다.
아름다운 사람들은
순정한 본래모습을 다 잃지 않습니다. 가난·수줍음·따뜻함.
순박하다고 해도 좋겠지요? 그런 요소가 사람을 사람이게 합니다.
제가 다 잃어 가는 사람다움을 일깨워주신 여선생님께
고마워했습니다. 그 부끄러움으로도 좋은 선생님이시리라 믿습니다.

2005.2.25
이철수 드림

수줍음

수줍음 속에 온전한 사람의 모습이 숨어 있습니다.

아름다운 사람들은 순정한 본래 모습을 다 잃지 않습니다.

가난, 수줍음, 따뜻함.

순박하다고 해도 좋겠지요? 그런 요소가 사람을 사람이게 합니다.

그리움 없으신지요? 인생의 소중함과 아름다움을 생각하게 할
좋은사람들 없으신지요? 이제 너무 멀어진 잊혀져야할 추억.
그리움 말고, 조금만 가까이 있어서 부르면 대답하고 힘이
되어주기도 할

POST

풀죽지않은 그리움 없으신지요? 아직 다 시들지 않은 소중한사람들.
너무 늦기전에 마음담은 편지한통. 엽서한장 쓰면 대답할지도
모르는데… . 거기서도 기다리고 있을지 모릅니다. 솔직한 그리움
담아서 배고픈 빨간우체통에 넣어보세요. 저물어가는 겨울에
따뜻한 대답이 오실텐데… . 안 그럴까요? 2005.1.16
이철수드림

배고픈 우체통

이제 너무 멀어진 잊혀야 할 추억이나 그리움 말고,
조금만 가까이 있어서 부르면 대답하고 힘이 되어주기도 할,
풀 죽지 않은 그리움 없으신지요?

공기청정기. 정수기. 가습기조차 없는 집이 없다시피 되었습니다.
TV. 세탁기. 청소기. 김치냉장고. 냉장고. 수세식 변기. 전자렌지
정도는 기본인듯합니다. 아, 컴퓨터. 전화기가 빠졌네요!

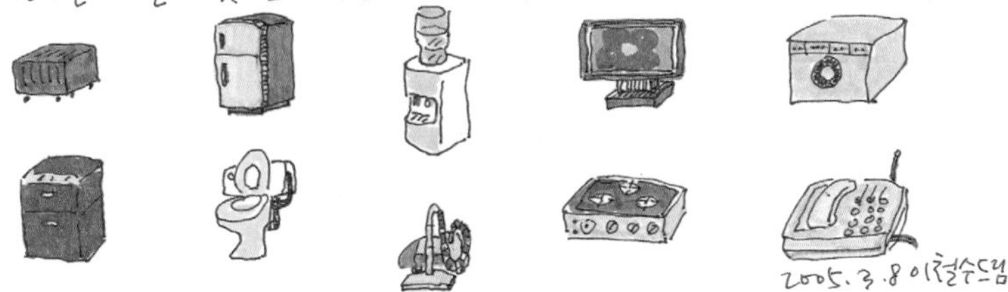

이 모든것이 청정한 자연. 순정한 인간관계의 대체물입니다. 망가진
자연과 인간관계를 대신한 인공물이라는 말씀입니다. 맑은바람과
깨끗한 물대신 공기청정기. 가습기. 정수기가 있고, 다정한이웃과
친구들대신 TV. 컴퓨터가 있습니다. 정깊고 우애있는 친구보다는 쉽게
변할수도 있는 관계를 위해 전화. 메일이 있는지도 모릅니다. 그렇고
생각하고 보니 현대화가 비인간화. 탈자연의 변화인것이 더욱 또렷
해집니다. 이미 달아나기는 어려워진듯 하지요? 조심스럽게 쓰고, 불가근
불가원의 상대인것 늘 염두에 두고 지내면 좋을 듯합니다. 봄이 오나봅니다.

불가근 불가원

맑은 바람과 깨끗한 물 대신
공기청정기, 가습기, 정수기가 있고,
다정한 이웃과 친구들 대신 TV, 컴퓨터가 있습니다.
정 깊고 우애 있는 친구보다는 쉽게 변할 수도 있는 관계를 위해
전화 · 메일이 있는지도 모릅니다.

벌써 오래전 일입니다. 잘알려진 기업 홍보실에 볼일이 있어서
다녀왔습니다. 마침 비오시는 날이라 장화신고 우산도 들고 집에
입던 옷 그대로 올라갔는데 서울 도심은 화창했습니다. 큰 빌딩에 들어
가기 적당한 차림은 아니다 싶었지만 도리가 없었지요.
로비에서 신분확인 절차를 꼼꼼히 챙기는 건
이해하기로 했습니다.

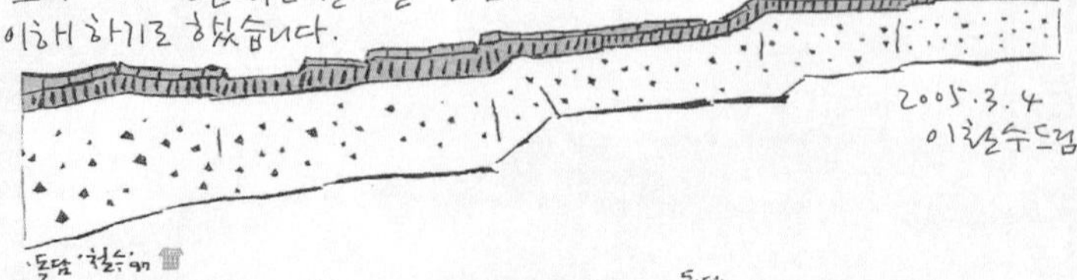

볼일 있는 큰사무실에 들어갔더니, 초입에 앉은
사무직원이 손짓해 부르는데 "어이! 이봐요!"
였습니다. 마음이 상해서 조용히 다가갔지요. 그리고 이렇게 되물었
습니다. "나 불렀어? 왜?" 그사람이 어쩔줄 모르더라구요. 다가가는
동안도 예사롭지 않은(?) 태도였거든요? 마침 그방 어른격인 분이 저를
알아보고 "이형! 여기야! 들어와!" 그러셨습니다. … 〈내일계속〉

돌담,
아랫돌 빼서 윗돌 고일 수 없는 것
하나 없애면 다 없는 것.

"어이! 이봐요!"

볼 일 있는 큰 사무실에 들어갔더니,
초입에 앉은 사무직원이 손짓해 부르는데 "어이! 이봐요!" 였습니다.
마음이 상해서 조용히 다가갔지요. 그리고 이렇게 되물었습니다.
"나 불렀어? 왜?"

〈오늘계속〉

들고 있던 우산을 쳐들어 알았다는 사인!을 보내고 직원얼굴을 보았더니
이번엔 사색이었습니다. 사무실에 제일 어른을 만나자고 온 손님을
잡상인 취급하는 실례를 했으니 난처해 진 것이지요. 그렇게 해서
모처럼 서울행은 피차 기분잡치는 일이 되고 끝났습니다.

"직원들 좀
제대로
교육시켜요!
불친절하기를
……"

집에도 격格이 있어 살면 그를 닮는다
— 배울 것 있는 집에서 살아야지 … 하는 생각

2005. 3. 5 이철수 드림

"뭐. 이형 행색이 딱 잡상인·촌놈이구만 그래!" 그이 대답이었습니다.
지금같으면 그렇게 못된 대응은 않았을 텐데… 싶습니다.
—"차림새가 이래서 죄송합니다. 아무개 선생님 뵈러 왔습니다."
이럴수 있을텐데. 일찍 철들지 못해 그렇게 살았습니다.

일찍 철들지 못해

"직원들 좀 제대로 교육시켜요! 불친절하기를……."
"뭐, 이 형 행색이 딱 잡상인 · 촌놈이구만 그래!"
지금 같으면 그렇게 못된 대응은 않았을 텐데…… 싶습니다.
"차림새가 이래서 죄송합니다. 아무개 선생님 뵈러 왔습니다."
이럴 수 있을 텐데. 일찍 철들지 못해 그렇게 살았습니다.

당신의 누추 곁에

잘 차려입은 여인들 틈에 아내의 초라한 입성이 앉아 있으면,
미안하기도 하고 고맙기도 합니다. 그럴 때 드는 생각…….
옷 사서 입히고도 싶고, 당신만 괜찮다 하면 그 누추 곁에
함께 누추한 모습으로 오래 그냥 서 있고 싶기도 하고. 그렇습니다.

집안식구들 모임을 하면, 모처럼 만나게 되는 형제간들 어르신들 뵙고
화기애애하게 이야기 나누면서 회포를 풀게 되지요. 저희처럼 좀
멀리 떨어져 살고, 세상일에 그리 적극적이지 못한 사람에게는
더 각별하고 새삼스러운 경험이 되기도 합니다. 사촌지간을 모아
놓고 보면 핏줄이라고 참 많이들
닮았구나 싶어집니다.
밥먹느라 귀만
열어두었는데,
맞은편에 앉은
사촌누이의 목소리가
작은어머니 목소리와
너무 닮아서 잠시
놀랐습니다. 모습도 닮지만
목소리처럼 많이 닮는 것도 없겠다 싶었습니다. 제 딸아이 목소리도
수화기를 통해 들으면 제 에미의 목소리와 구별이 안된다는 이들이
많습니다. 목소리는 늙어가는 속도도 늦어서 오래 젊습니다. 어르신들
연세가 높아지셨다고 가족간에 모이는 자리가 부쩍 많아졌습니다.
붕어빵들이 모여앉아서 화해로운건 서로 많이 닮았기 때문일까요?

2005.3.20
이철수 드림

붕어빵

밥 먹느라 귀만 열어두었는데,
맞은편에 앉은 사촌누이의 목소리가
작은어머니 목소리와 너무 닮아서 잠시 놀랐습니다.
모습도 닮지만 목소리처럼 많이 닮는 것도 없겠다 싶었습니다.

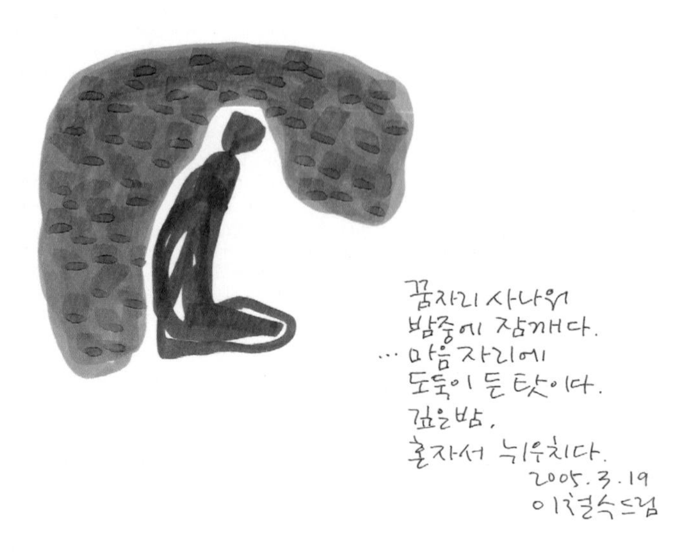

꿈자리

꿈자리 사나워 밤중에 잠 깨다.

……마음자리에 도둑이 든 탓이다.

깊은 밤,

혼자서 뉘우치다.

발판

내 집에 작은 발판 하나.

급할 때면,

네 작은 몸에 무거운 나를 싣고……

너를 딛고, 내가 살지! 네가 보살이다.

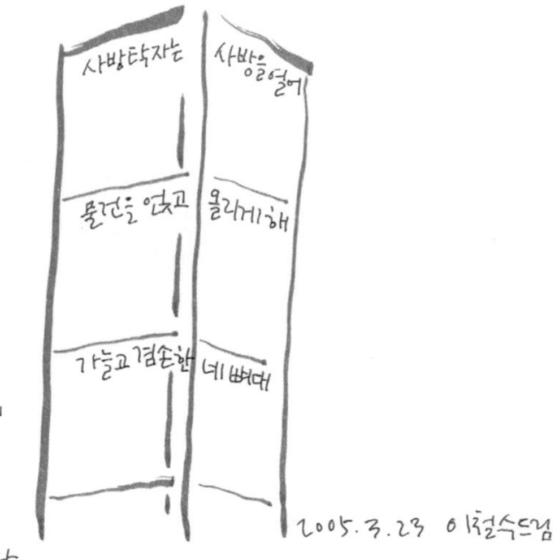

가늘고 겸손한 뼈대

값싼 사방탁자가 집 안에 있습니다.

가늘고 날렵한 뼈대에 얇은 선반이 있어서 썩 유용합니다.

감추지도 않고 제 자랑이 도저하지도 않으니,

겸손해 보입니다.

이 바쁜와중에, 아내와 아이가 사진을 정리한다며 작업실을 어수선
하게 만듭니다. 그래도 웃고 이야기하는 모녀가 정겨워 보이네요.
가끔 저에게도 보여주는 재미난 사진을 보면서 문득문득 흐르는 시간이 느껴
집니다.
보톡스라는 주사약으로
주름을 없앤다고
하지요?
옛사진을 보면서
확인하게 되듯이
주름은 시간의 산물입니다.
시간하고 싸우자고 드는
무모함이라니요.
어리석은 짓이 분명하지만,
그시간을 붙잡아 두고 싶어지는
중장년의 심경을 이해 못할바도
아닙니다.
마음결이 곱고 따뜻하게 드러나는 보기좋은 주름이나 꿈꾸고 살아야겠다
싶었습니다. 그것도 쉬운일은아니지만, 남에게손 안벌리고 혼자할수있으니
해볼만한 일입니다.

희미해지는
우리의
젊음처럼
인생이
닮아가고…

2005.3.24
이철수드림

주름

옛 사진을 보면서 확인하게 되듯이
주름은 시간의 산물입니다.
마음결이 곱고 따뜻하게 드러나는
보기 좋은 주름이나 꿈꾸고 살아야겠다
싶었습니다.

깨 추운겨울을 나야하는 제 사는 곳에서도 봄기운 완연해 졌습니다.
대문밖 명자나무에도 망울이 졌습니다. 이제는 봄기운이 거침
없을 듯합니다. 먼데서는 꽃소식이 들리기도 합니다. 문열고 나가
멀리 꽃구경이라도 떠나고 싶은 마음을 애써 눌러두고 책상머리에
내내 앉아 있자니 몸살이 납니다. 사는게 그런 것이겠거니 …
마음에 피어나는 꽃색을 연분홍으로 그렸습니다. 우선은 그꽃이나
벗삼고 지내기로 하였지요. 멀리 꽃구경 못가신 당신께도 이리

2005. 3. 20
이철수 드림

화사한 꽃나무 보냅니다.
애써, 마음에 밝은 등하나 밝히시라고 드립니다. 밝아지려고
애쓰면 정말로 밝아지기도 합니다. 여전한 세상이라 응달이
양지 되지는 않지만, 응달에 피는 꽃이 있는건 아시겠지요?

꽃 소식

문 열고 나가 멀리 꽃구경이라도 떠나고 싶은 마음을
애써 눌러두고 책상머리에 내내 앉아 있자니 몸살이 납니다.
사는 게 그런 것이겠거니…….

흔히 하는 말로 '딱지' 한장을 받았습니다. 공식명칭은 <위반사실 통지서>
도로교통법 제15조 제3항 속도위반, 초과속도 16km/h 라고 적혀
있었습니다. 제가 비교적 준법정신이 투철(?)하다고 믿고 있었는데
이 '딱지' 탓으로 제 준법의식에 문제가 있는가 하는 회의하게 됩니다.
잊을만하면 한장씩 날아오거든요! 요즘은 이렇게 말하지요.
— 내가 법을 잘지키고 산다고 하는데, 두가지 못지키고 삽니다.
하나는 토지거래신고할때 구입가 확인하는 것하고, 자동차타고
제한속도 지키는 것! … 어렵지만, 지켜보려구요. 정말 어렵겠지만.

딱지

내가 법을 잘 지키고 산다고 하는데, 두 가지 못 지키고 삽니다.
하나는 토지 거래 신고할 때 구입가 그대로 확인하는 것하고,
자동차 타고 제한속도 지키는 것!
……어렵지만, 지켜보려고요. 정말 어렵겠지만…….

값싼 백반집에서 저녁을 먹게 되었습니다. 처음 가게된 식당에서 물을 받아놓고 밥을 기다리는데, 동행한 친구가 그식당 소개겸해서 해준 이야기가 좋았습니다. 제게 좋아서 그대로 옮깁니다.
어느날, 밥 먹고 있는데, 거지중에도 상거지라고 할만큼 험하고 더러운 몰골을한 남자가 식당에 들어서더랍니다. 들어와서 주인을 찾더니 밥좀 얻어먹을수 있겠느냐고 묻더라지요? 그리고는 식당 한가운데 탁자를 차지하고 앉았다고 했습니다.
아직 새파랗게 젊은 식당집 아들이 걸인에게 밥을 차려 내는데, 보아하니 돈내고 먹는 밥상을 한가지도 빼지 않고 다 가져다 놓더랍니다. 그리고 걸인이 비우는 밥그릇을 살피다가 밥한그릇을 더 갖다 놓아 드리더랍니다. 걸인은 부끄러운 기색 없이 배불리 밥먹고 일어났는데, 복색이며 역한 냄새까지 불쾌해할만 하다 싶었는데도 식당집 아들은 끝내 불쾌한 내색 없이 여느 손님처럼 맞고 보냈다지요?

물흐르고
꽃피는곳
거기사람들

참 아름답고 깊어보이는 밥장사 청년은, 벌써 밥의 깊은 의미를 알고 사는가보다 싶었습니다. 충주 엄정삼거리에서 만난 사람 이야기 입니다.
2005. 3. 31 이철수 드림

밥의 깊은 의미

아직 새파랗게 젊은 식당 집 아들이 걸인에게 밥을 차려 내는데,
보아하니 돈 내고 먹는 밥상에서
한 가지도 빼지 않고 다 가져다 놓더랍니다.
그리고 걸인이 비우는 밥그릇을 살피다가 밥 한 그릇을 더 갖다 놓아드리더랍니다.
참 아름답고 깊어 보이는 밥 장사 청년은,
벌써 밥의 깊은 의미를 알고 사는가 보다 싶었습니다.

날씨 풀렸다고,
집에 기르는 개가 옹색한 집에서 나와 한데서 잠을 잡니다.
추위 모질때야 어쩔 도리 없었겠지만, 이제 그 집구석을 거처로
삼고 싶지 않다는 태도가
역력합니다.
한겨울에도 때때로
서리 허옇게 내린
등을 웅크리고
한데서 밤을 새우곤
했습니다.
허공을 지붕삼고
별이 빛나는 하늘을
이불삼으면
얼어붙은 땅은
요가 되는 셈인가요? 비좁은 제 집구석을 모든것으로 여기지 않으니
줄에 묶여 사는 신세라도 나보다 낫다 싶은 생각이 들었습니다.
제살림도 잘하고 멀고가까운 이웃과도 아름답게 어우러지는 값은
존재가 되면 얼마나 좋겠어요? 어차피 세상

한끝으로 이어지고
엮어진 관계인것을.
우리마음 어두울 따름
이지요. 2003.4.1
이철수드림

철수 '96

윤동주의
우물속에는 달이 밝고 구름이 흐르고, '자화상'에서

From a Self-Portrait by the Poet Yun Tongju
At the bottom of well the moon is bright; The clouds are floating.

개

허공을 지붕 삼고 별이 빛나는 하늘을 이불 삼으면,
얼어붙은 땅은 요가 되는 셈인가요?
비좁은 제 집구석을 모든 것으로 여기지 않으니
줄에 묶여 사는 신세라도 나보다 낫다 싶은 생각이 들었습니다.

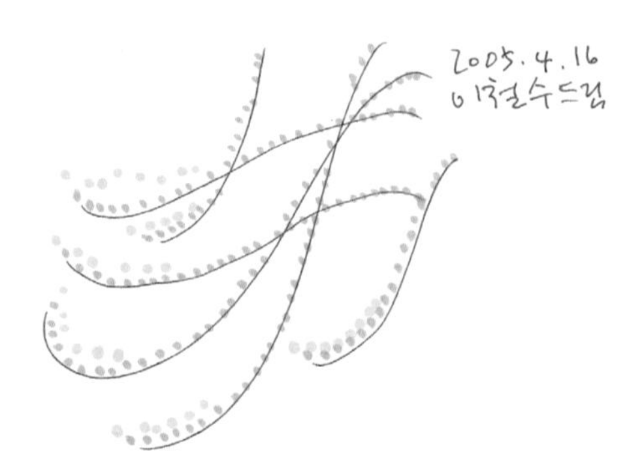

놀라움으로 가득한 봄날. 생명은 대지의 너그럽고 넉넉한 품에서 제모습
거침없이 드러냅니다. 진달래는 진달래로 피고 개나리는 개나리로
피는 것이지요. 나와 당신이 피우는 꽃도 제각기 제 온전한 모습
그대로 피어나게 되기를 빌었습니다. 아침 창경궁 담길을 걸어
전시장에 가면서 내내. 이제 전시가 사흘 남았습니다. 사나흘
지나면 제자리로 돌아와 조용히 인사드릴수 있을 겁니다. 평화의 봄을!

제각기

진달래는 진달래로 피고 개나리는 개나리로 피는 것이지요.
나와 당신이 피우는 꽃도
제각기 제 온전한 모습 그대로 피어나게 되기를 빌었습니다.

긴 여행을 다녀온 듯,
돌아와
만나게 된
주변 풍광이
새롭습니다.
봄이
이렇게 밝고
찬란한 것을 ….

2005. 4. 20
이철수 드림

새벽에 일어나 처음 마주친 건 뜰에 벙그러진 목련입니다. 주인 없는 집에서, 보아주는 이 없으련만 목련 화사한 꽃잎은 여지없이 꽃을 피웁니다. 그래, 꽃은 집주인을 섬기지 않고, 더 큰 세상을 섬기는 것!이라는 뜻이겠다 싶었습니다.

- 네가 네 일 있어서 서울을 가건 어디를 가건 그건 네 사정이지. 나는 때 되었으니 꽃을 피우고 때 되면 꽃을 버린다. 그런 말씀으로 알아들었습니다. 온 뜰에 가득 말씀이지요. 아름답고 생생한 자연의 목소리 때문에, 이 봄이 밝고 찬란한 것이려니.

때 되면

주인 없는 집에서,
보아 주는 이 없으련만 목련 화사한 꽃잎은
여지없이 꽃을 피웁니다.
그래, 꽃은 집주인을 섬기지 않고,
더 큰 세상을 섬기는 것! 이라는 뜻이겠다 싶었습니다.

2005. 4. 22
이철수 드림

부산·거제·울산·경주·광주·대구·대전·청주 … 에서 전시를
보자고 오신 이들이 있었습니다. "이걸 보자고 그 멀리서 오셨어요?
고맙습니다. 죄송합니다." 그랬지요.
그 먼데서 찾아오신 마음으로 나를 씻고, 다시 내자리로
서둘러 돌아가야겠다고 생각했습니다. 당신이 그리워하는
그게 무언지 저도 더 살펴야겠어서요. 제게도 있고 당신께도
있을 아름답고 맑고 온전한 그게 무언지 저도 궁금해서요.

찾아오신 마음

그 먼 데서 찾아오신 마음으로 나를 씻고,

다시 내 자리로 서둘러 돌아가야겠다고 생각했습니다.

당신이 그리워하는 그게 무언지 저도 더 살펴봐야겠어서요.

제게도 있고 당신께도 있을

아름답고 맑고 온전한 그게 무언지 저도 궁금해서요.

부산·거제·울산·경주·대구·대전·청주·충주·강릉·제천…
전시보러 오셨다면서 밝히신 거주지들이 이랬습니다.
어느 분인가, 아이들 서넛을 학교하루 쉬고 전시보러 가자하고
오셨다고 하셨지요? 학교 하루 쉬고 대신 얻어 간것이 충분했
는지 자신이 없어서 부끄러웠습니다. 전시마치고 뒷풀이하자고
나와준 고마운 손길을
뿌리치고 내려오는길에
그런 분들 이야기하면서
행복하고 한편
착잡했습니다.
저희 결론은 늘 그렇듯
단순했습니다.
잘살아야지요!
함부로 하지 말고! 아내와 그렇게 이야기했습니다.
늘하던대로, 일하고 판화새기고 책읽고 세상을 유심히살피면서
조금쯤은 나눌줄아는 사람으로 변함없이 사는 일 입니다.
눈물겨운 공감의인사가 제것이 아닌줄은 압니다. 우리시대와
사회의 어려움이 보잘것없는 판화에서도 위안을 찾게 하는것도
모르지 않습니다. 저는 제가 걷던길을 어제처럼 걷겠습니다.

2005. 4. 20 철수

당신과함께!

2005. 4. 22
이철수드림

늘 하던 대로

어느 분인가, 아이들에게 "학교 하루 쉬고, 전시 보러 가자"

하고 오셨다고 하지요?

학교 하루 쉬고 대신 얻어 간 것이 충분했는지

자신이 없어서 부끄러웠습니다.

잘 살아야지요! 함부로 하지 말고!

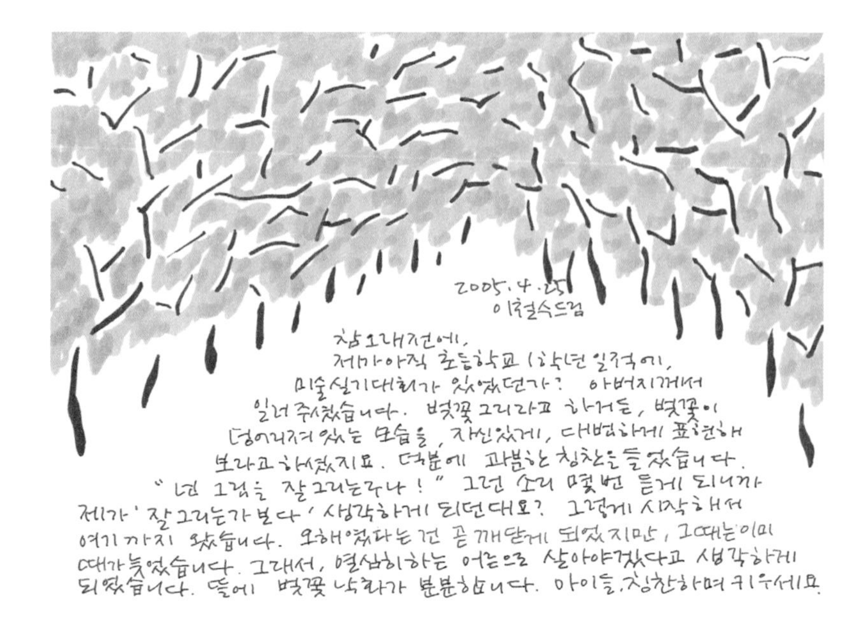

칭찬

"넌 그림을 잘 그리는구나!" 그런 소리 몇 번 듣게 되니까

제가 '잘 그리는가 보다' 생각하게 되던데요?

그렇게 시작해서 여기까지 왔습니다.

오해였다는 건 곧 깨닫게 되었지만, 그때는 이미 때가 늦었습니다.

밤이 좀 깊었습니다.
공부삼아 다녀와야할 자리가 있었습니다.

봄볕은 온나라를 고루 비추시는 너그러움입니다. 서해바다가 가까운 어느 작은도시의 변두리에서 '설위설경'이라는 좀 낯선 일하시는 노인을 뵙고 오는길 내내 봄볕이 넘쳤습니다. 가난한 동네도 비추고 별장촌도 비추고 열여덟살 처녀총각처럼 생기있는 봄산야의 나무들도 비추고 계시겠습니다. 봄밤에 여전히 환한 벚꽃·목련꽃·산당화는 한낮의 봄볕을 품었다가 이밤에 쏟아내고 있는 건지도 모르지요. 마음자리도 그 봄볕 같으시기를.

봄볕

봄볕은 온 나라를 고루 비추시는 너그러움입니다.
봄밤에 여전히 환한 벚꽃, 목련꽃, 산당화는
한낮의 봄볕을 품었다가 이 밤에 쏟아내고 있는 건지도 모르지요.
마음자리도 그 봄볕 같으시기를.

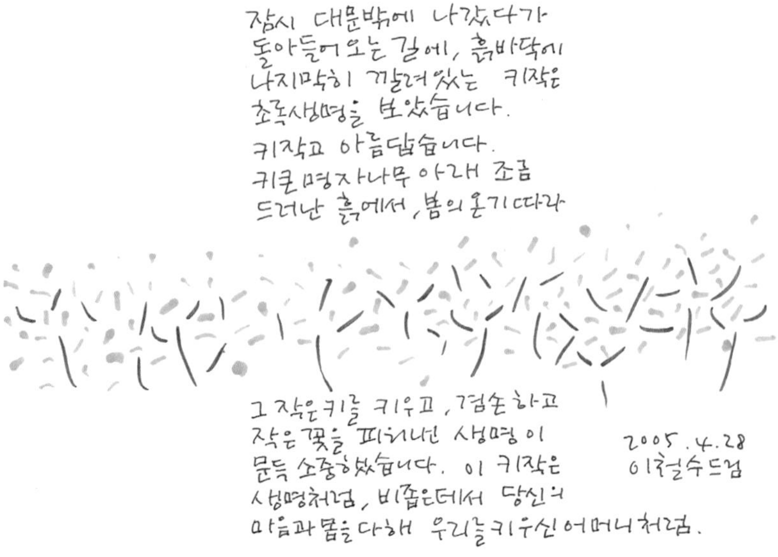

잠시 대문밖에 나갔다가
돌아들어오는 길에, 흙바닥에
나지막히 깔려있는 키작은
초록생명을 보았습니다.
키작고 아름답습니다.
키큰 명자나무 아래 조금
드러난 흙에서, 봄의 온기따라
그 작은 키를 키우고, 겸손하고
작은 꽃을 피워낸 생명이
문득 소중했습니다. 이 키작은
생명처럼, 비좁은데서 당신의
마음과 몸을 다해 우리를 키우신 어머니처럼.

2005.4.28
이철수 드림

어머니처럼

키 큰 명자나무 아래 조금 드러난 흙에서,

봄의 온기 따라 그 작은 키를 키우고,

겸손하고 작은 꽃을 피워낸 생명이 문득 소중했습니다.

이 키 작은 생명처럼,

비좁은 데서 당신의 마음과 몸을 다해 우리를 키우신 어머니처럼.

명자나무

명자는 묵은 가지에서만 꽃이 되고 열매도 맺습니다.
숨 막히도록 강렬한 붉은빛 꽃 색 뒤에서
연초록의 잎이 받치고 있으니 꽃잎 더욱 붉어 뜨겁기까지 합니다.
힘겹게 살아가는 평범한 사람들의 순수를 생각하면,
제 욕심을 있는 대로 채우려드는 인간들이 더 밉살스러워집니다.

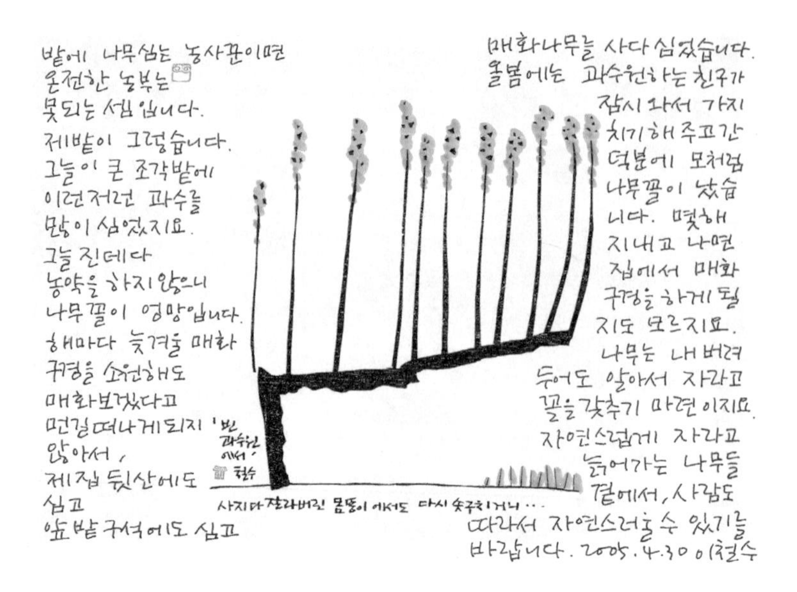

매화나무

밭에 나무 심는 농사꾼이면 온전한 농부는 못 되는 셈입니다.

제 밭이 그렇습니다.

해마다 늦겨울 매화 구경을 소원해도

매화 보겠다고 먼 길 떠나게 되지 않아서,

제 집 뒷산에도 심고 앞 밭 구석에도 심고 매화나무를 사다 심었습니다.

밭을 갈아엎는 일은 거침없이 통쾌하지만, 봄내내 땅에서 잎을 내어 밀고 꽃대를 키워 꽃을 피운 작은 초록생명을 땅에 묻어버리는 일이기도 합니다. 죄없는 생명을 깨끗이 지우고 사람이 선택한 생명을 새로 심어 가꾸는 일을 농사라고 하지요. 다양한 생명들 틈에 사람이 뿌린 작물을 함께 키우는 '자연농법'이라는 것도 있는 줄 알지만 아직 엄두를 못내고 있습니다. 흙에 뿌리는 땀으로, 흙에 묻힌 초록들에게 사죄하는 셈

치고 있을 뿐이지요.
오늘은 꽃들 지운 자리에
수박참외심을 채비하였습니다.
2005. 5. 3
이철수 드림

농사

죄 없는 생명을 깨끗이 지우고

사람이 선택한 생명을 새로 심어 가꾸는 일을 농사라고 하지요.

한낮 더위

봄날 치고는 한낮 더위가 예사 아닌 듯합니다.

한낮의 삽질은 온몸을 뜨겁게 달굽니다.

오후에는 손님이 오셔서, 덕분에 쉴 수 있었습니다.

오늘 종일 내리신 봄비는 고운연두빛으로 그려야 할듯 싶습니다.
산과들판이 그득한 여기서는 봄비에 더욱 싱그러워진 초목들이 온통
춤추는 듯 보입니다. 그 비와 종일 나누는 이야기도 좋았습니다.

이철수
드림

드디어 봄 봄살과 만나고 말았습니다. 오후일을 접고 모처럼(?) 정말
모처럼 쉬었습니다. 2005년 판 지구환경보고서를 꺼내 읽으면서
봄비를 보고, 듣기도 했습니다. 귀로 듣는 봄비도 좋은데요? 한번 들어보세요.
책읽다가 아내따라 재래시장으로 장을 보러 갔습니다. 모종파는
데서는 쌈채를 덤으로 얻고 야채가게에서는 오이를 덤으로 얻었습
니다. 더 안주셔도 된다고 했는데도 기어이 넣어주시네요. 그리
넉넉치도 않을 사람들의 마음씀씀이가 봄비보다 더 촉촉했습니다.
그마음과 만나는것만으로도 난전·재래시장은 갈만한 곳입니다. 2005.6

봄비

오늘 종일 내리신 봄비는 고운 연둣빛으로 그려야 할 듯싶습니다.

산과 들판이 그득한 여기서는

봄비에 더욱 싱그러워진 초목들이 온통 춤추는 듯 보입니다.

그 비와 종일 나누는 이야기도 좋았습니다.

대추나무

뜰에 대추나무 한 그루 있습니다.
늦지만 어김없이 새 잎을 내고
자잘한 꽃을 피우고 열매를 맺습니다.
약속을 잘 지키는 어르신을 뵙는 것처럼
그렇게 보고 삽니다.

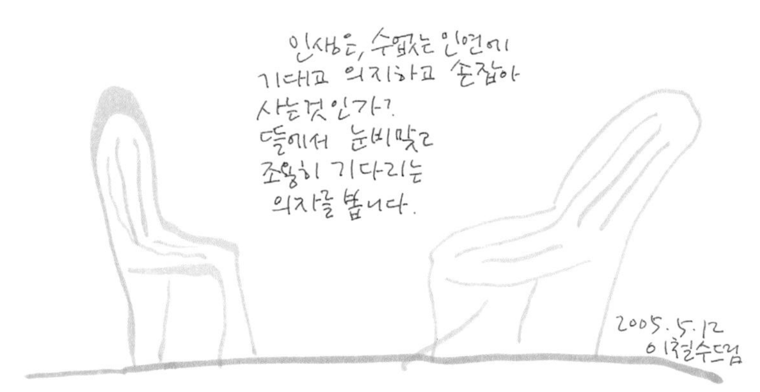

뜰에 의자 몇개 놓여있어, 가끔 손님들과 앉아 이야기 나누기도 하고
저녁을 먹기도 합니다. 밤뜰에서 허공의 별·달·바람·구름과
이야기하는 자리이기도 하지요. 그 하잘것 없는것에도 기대
삽니다. 얼마나 많은 이들에게 기대고 도움을 받고 사는지····

의자

인생은,

수없는 인연에 기대고 의지하고 손잡아 사는 것인가?

뜰에서 눈비 맞고 조용히 기다리는 의자를 봅니다.

한동안 자주 가게된 동네칼국수집에서, 마침 밀다둔 칼국수반죽이 펼쳐져 있어 보게 되었습니다. 안반위에 얹어 홍두깨로 밀었을 넓은 반죽이 사람 두엇 누워도 될만치 컸습니다. 구멍난데 하나 없이 고르고 둥글게 민 솜씨가 예사롭지 않았습니다. 긴 세월을 익힌 솜씨가 당연히 그만하려니 싶으면서도 자꾸 눈이 가고 참 놀랍다 싶습니다. —대단한 솜씨네요. 어떻게 해야 이렇게 잘 밀수있어요? 하고 여쭈어보면, 대답은 간단합니다.

"기술은 무슨 기술이래요? 그냥 미는 거지유! 기냥 밀어유!"

옳거니! 명인들은

그렇게 단순 명쾌하신 법!

그냥!

2005.5.11 이철수드림

그냥

"대단한 솜씨네요. 어떻게 해야 이렇게 잘 밀 수 있어요?"

하고 여쭈어보면, 대답은 간단합니다.

"기술은 무슨 기술이래요? 그냥 미는 거지유! 기냥 밀어유!"

옳거니! 명인들은 그렇게 단순 명쾌하신 법! 그냥!

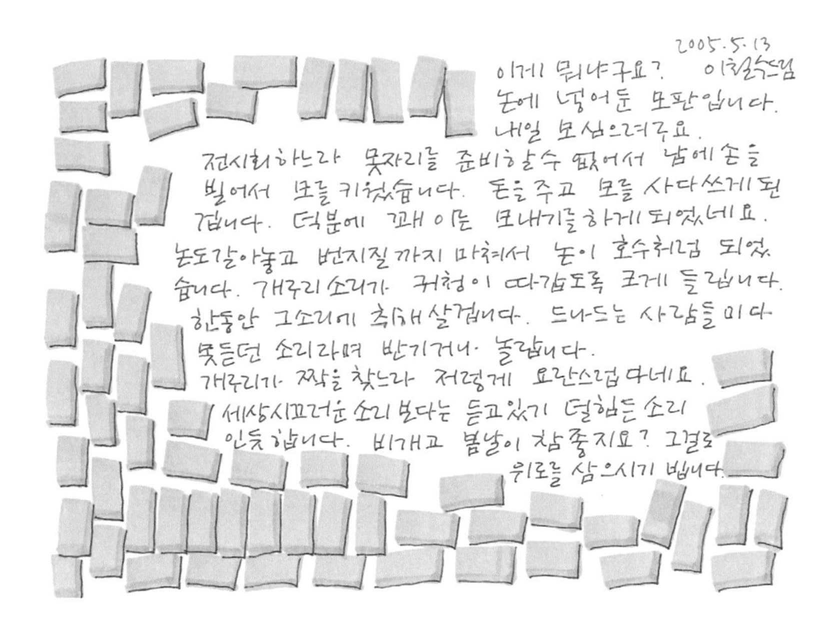

개구리 소리

개구리 소리가 귀청이 따갑도록 크게 들립니다.
드나드는 사람들마다 못 듣던 소리라며 반기거나 놀랍니다.
개구리가 짝을 찾느라 저렇게 요란스럽다네요.
세상 시끄러운 소리보다는 듣기 덜 힘든 소리인 듯합니다.

부처님 오신날은
누구나
자기 자신에게
이렇게 물어야 합니다.
- 세상이 알고
이웃이 알고
내가 아는
껍데기 뿐인 내가
진정 나 인가?
그물음을 전하자고
부처님이 오신거라고
저는 믿습니다.
내일이 그날이지만
오늘 저녁에 그물음을
마음에 품어 안지 못할
이유가 없겠지요?
욕심에 사로잡히고,
세상에서 얻은것에

- 저는. 이아무개라고 합니다
- 정말 이신가?
그대가 그이신가?
-

2005.5.14
이철수 드림

연연하며 살아가는,
진흙탕속의 나를 깊이
생각해보면서 오늘
이 주말밤 잠을 설친다고
해도 다행히 내일은
공휴일 입니다. 부처님의
철학을 따라 믿는다는 이
들도 저를 살피는데 열심
이기 어렵고 힘든 세상
이기는 합니다. 자비나
연민이 마음에 그득한
존재가 되는건 더 멀리
있는 꿈이지요. 그래도
오늘 하루쯤은 ...

부처님 오신 날

- 세상이 알고 이웃이 알고 내가 아는, 껍데기뿐인 내가 진정 나인가?
그 물음을 전하자고 부처님이 오신 거라고 저는 믿습니다.
내일이 그날이지만 오늘 저녁에
그 물음을 마음에 품어 안지 못할 이유가 없겠지요?

2005. 5.16
이철수 드림

호밀심었다고
지난 늦가을에 엽서드린 것
기억하시는지요? 큰밭에 가득한
호밀에 이삭이 피었습니다.
예전에는 청보리라고
불렀다는 걸 알게 되었습니다.
요즘은 청보리 심는집이 없어
반가워하시는 어르신들이
많았습니다. 밥에 섞으면
고소하다는 이도 있고, 미끄덩
거리는게 밥맛은 별로라고
하시는 이들도 있습니다. 입맛
이야 십인십색 이실테니 올
여름에 방아찧어서 제손으로
밥지어 먹어 봐야 어느말씀이
옳은지 알듯합니다. 어쨌거나
큰밭가득 일렁이는 청보리밭이
일품입니다. 바람지나가면 제
키만큼 훤칠한 청보리 이삭이
물결치거든요. 오늘도 밭에서
김매고 오는길에 청보리밭둑을
지나왔습니다. 마음가득 초록 입니다.

마음 가득 초록

큰 밭 가득 일렁이는 청보리가 일품입니다.
바람 지나가면 제 키만큼 훤칠한 청보리 이삭이 물결치거든요.
오늘도 밭에서 김매고 오는 길에 청보리 밭둑을 지나왔습니다.

낡은 목선

작은 배에서 만난 갈매기 형상의 철 조각이
하도 인상적이어서 잠시 메모했습니다.
배가 많이 있었지만 이렇게 조형물이 있는 배는 그게 유일한 듯했습니다.
낡은 배라서 그만한 여유나마 있는 것이 아닌가 싶었습니다.

잘받고 잘나누기도 하는게 좋지요. 나누어 주마하는것은 기꺼이 받고, 그럴수 있을때 선선이 내어줄수 있으면 그처럼 좋은게 없을겁니다. 그래도 주기보다 받기가 늘 어려웠습니다.
이번봄에 아직 얼굴을 뵌적이 없는 분께 연뿌리 세개를 얻었습니다. 수련은 오래 키워 왔지만 큰 연은 여태 못키워본 터라, 연을 나누어 주시겠다기에 얼른 받겠다고 했습니다. 꽃이건 야초건 생명이 있는 것은 나누는데 부담이 없어서 ↗ 좋습니다. 제 뒤란 번식하는 해마다 여러곳에 분양을 하곤합니다.
그 연뿌리를 항아리 큰것 얻어다 심어 두었더니, 엊그제 잎사귀하나가 물밖으로 나왔습니다. 조용히 키를 키워온 모양입니다. 우리사회 민주주의도 그렇게 키를 키우고 있을거라고 생각했습니다.
2005. 5. 18
이철수드림

연뿌리

연뿌리를 항아리 큰 것 얻어다 심어두었더니,

엊그제 잎사귀 하나가 물 밖으로 나왔습니다.

조용히 키를 키워온 모양입니다.

우리 사회 민주주의도 그렇게 키를 키우고 있을 거라고 생각했습니다.

살다보니 제일 많이 듣게 되는게 정치인들의 말입니다. 그중에도 거짓말을 많이 듣게 되는 듯 합니다. 조금씩 말을 바꾸고 변명을 늘어놓기도 하지요. 멀리서, 언론등을 통해 전해 듣는 것만으로도 그 행간이나 말사이에 드러나는 마음길이 훤히 보입니다. 장사를 해도 좋은 장사꾼이 되기 어려워 보이는 인물들이 '공익'을 다루는 역할을 하겠다고 나섰으니 나라가 쉽게 좋아지기는 어렵겠다 싶습니다.

2005.5.19
이철수 드림

그래서 까다로운 규제와 감시 장치가
필요한 것이기는 합니다.
누구라도 한없이
정직하고
한없이
욕심
없이
살
수는
없을테니 말입니다. 그래도 사람이 변해야 합니다. 형편이 어렵고 남을 향해 손가락질 할때는 쉬워 보여도 제 손으로 주물러보면 김밥 한줄 싸기도 쉽지 않습니다. 밖으로 열려있지 못한 마음길입니다.

닫힌 마음

장사를 해도 좋은 장사꾼이 되기 어려워 보이는 인물들이
'공익'을 다루는 역할을 하겠다고 나섰으니
나라가 쉽게 좋아지기는 어렵겠다 싶습니다.

어제는 닫힌 마음길 검게 그려보냈지요?
오늘은 환하게 펼쳐지는 열린마음길입니다.
따라서 가면 드넓은 들판이나, 광장, 아니면 따뜻하고
우애있는 집에 닿을것 같지 않나요?
때로 실수도 있고, 마음에 없는 거짓말도 하게 되는것이
'사는 일'이기는 하지만, 서둘러 고백하고
거기서 다시 시작할수만 있다면
모두 '그럴수 있는' 일이기도 합니다.

2005.5.20
이철수드림

마음곱게 써야할 사람들은 뻔뻔하게 구는것이 버릇이고,
뉘우칠것도 없어 보이는 이들은 참 작은것에도 마음을 쓰고
안절부절 못합니다. 뺨 맞은 사람은 발뻗고 잔다고 했던가요?
내내 착하고 정직하고 예쁘게 사시는게 나을법 하네요. 좋은주말을!

열린 마음길

오늘은 환하게 펼쳐지는 열린 마음길입니다.
때로 실수도 있고, 마음에 없는 거짓말도 하게 되는 것이
'사는 일'이기는 하지만,
서둘러 고백하고 거기서 다시 시작할 수만 있다면
모두 '그럴 수 있는' 일이기도 합니다.

멀리까지 차몰고가서 우렁이 한상자 사왔습니다.
우렁이를 일삼아 키워 파는 곳도 있어서, '우렁이농법'으로 벼농사
하는 우리에게는 고마운 일입니다. 모심고 한 일주일쯤 뒤에 우렁이
한상자 사다 논에 넣어주면 논바닥에 새로 올라오는 잡초를
깨끗하게 먹어치웁니다. 우렁이농법을 배우기 전에는 여름
내내 김매는일이 예삿일이 아니었습니다. 한여름 내내
논에가서 살아도 두벌김을 매기가 힘겨웠지요. 그 작은
생명의 느린 걸음걸이도 개체수가 많으니 큰힘이 됩니다.
이제는 한 이틀 가볍게 김매면 가을걷이 할수 있습니다.
우렁이가 저희집 상머슴입니다. 기분에는 상전 같지요.
우렁이 어르신이라고 불러드리고 싶을 지경이거든요.

2005. 5. 23
이철수드림

우렁이 어르신

우렁이를 일삼아 키워 파는 곳도 있어서,
'우렁이 농법'으로 벼농사하는 우리에게는 고마운 일입니다.
모심고 한 일주일쯤 뒤에 우렁이 한 상자 사다 논에 넣어주면
논바닥에 새로 올라오는 잡초를 깨끗하게 먹어치웁니다.

팽이가 존다는 게 무슨 말인지 아시나요? 팽이치기는 너무 오래된 추억입니다만, 무게중심이 잘 잡힌 팽이가 한껏 회전력을 얻어 안정감 있게 돌아가면 문득 고요해져서, 한자리에 가만 서있는 듯 보이는 상태를 아이들끼리 '존다'고 했습니다. 더할수 없이 온전한 팽이의 상태지요. 팽이가 팽이 본분을 다해 제 몸을

2005. 5. 24 이철수드림

곧추세우고 돌아가되, 돌고 있는 것을 드러내지 않으니 '하되, 함이 없고' '고요하되 하는일이 없지 않은' 한 경지인 듯 보입니다. 뛰어난 이들은 누구나 그런 경지를 잘 알고 계신듯 보입니다. 참 열심히, 생애를 다바쳐 자기 몫을 하면서 흔들림 없이 사는 모습이 그렇고, 그를 드러내 자랑하거나 힘겨워 하지도 않는데 이룰것을 다 이루는 것도 그렇습니다. 태연히, 열심히, 인생은 한번뿐!

팽이가 존다

팽이가 팽이 본분을 다해 제 몸을 곧추 세우고 돌아가되,
돌고 있는 것을 드러내지 않으니
'하되, 함이 없고' '고요하되 하는 일이 없지 않은'
한 경지인 듯 보입니다.

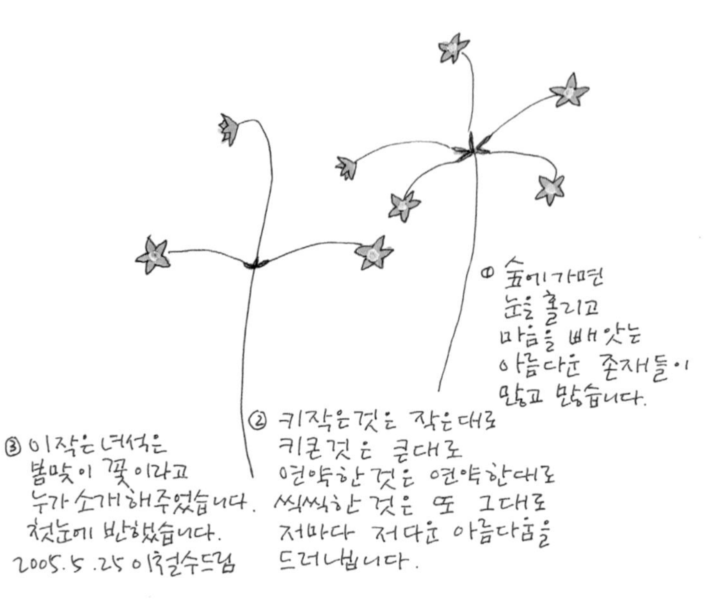

봄맞이꽃

숲에 가면 눈을 홀리고 마음을 빼앗는 아름다운 존재들이 많고 많습니다.
키 작은 것은 작은 대로 키 큰 것은 큰 대로 연약한 것은 연약한 대로
씩씩한 것은 또 그대로 저마다 저다운 아름다움을 드러냅니다.
이 작은 녀석은 봄맞이꽃이라고 누가 소개해주었습니다.
첫눈에 반했습니다.

2005.5.28
이철수
드림

좋은날씨에 바람이라도 쏘이셨는지요? 아직은 여름 깊기전이라-
숲있는 산도, 경작하는 들판도 모두 빈데가 있어 풋풋하고 싱그러운
느낌이지요? 여유되시는대로 즐길수 있기를 바랍니다.
몸이 조금 무거워서, 움직이는 일을 줄이고 바라보기만 하며 하루를
지냈습니다. 이 좋은 초록의 공간에서도 그 마음이 싱싱하지 못하면
콘크리트의 숲이나 다를 것이 없겠지요? 마음이 새롭고 생기있는
주말·휴일 되시기 바랍니다

즐길 수 있기를

몸이 조금 무거워서, 움직이는 일을 줄이고
바라보기만 하며 하루를 지냈습니다.
이 좋은 초록의 공간에서도 그 마음이 싱싱하지 못하면
콘크리트의 숲이나 다를 것이 없겠지요?

여름

2005. 6. 14
이철수드림

비가 오실 듯 하지요?
비설거지 하셨는지요?
지쳐있는 남편이
안되어 보였는지?
아내가 꽃 한포기
놓아주었습니다.
-꽃은, 단순한 건 단순한대로

복잡하고 화사한건
또 그것대로, 교태가
있는 것도 나름대로
볼맛이 있습니다.
그래서 꽃이라고 하는
것일까요? 사람도
마찬가지, 좋은사람도 각색!

사람도 마찬가지

지쳐 있는 남편이 안 되어 보였는지? 아내가 꽃 한 포기 놓아주었습니다.
-꽃은, 단순한 건 단순한 대로, 복잡하고 화사한 건 또 그것대로,
교태가 있는 것도 나름대로 볼 맛이 있습니다.
그래서 꽃이라고 하는 것일까요?

시골동네에, 위암말기 판정을 받은 할머니 한분 계셨답니다.
병원에서는 수술을 권했지만, 이나이에 그럴것 없다고. 그걸로
완치가 보장되는 것도 아니라면 더구나 그럴 까닭이 없다고
퇴원을 하셨답니다.

※삼인행 1

그리고, 어느 고찰의
부처님 앞에 가서
기도를 하셨답니다.

―저는 이왕에 이렇게
된몸이니 깨끗이
마음접고
이승하직하렵니다.
대신,
제자식들은
건강하게
잘살도록
부탁드립니다. 그렇게 간절히 기도하고 돌아오셨는데, 다음날
무얼드셔도 토하지도 않고 멀쩡하게 사신다고 했습니다. 그날도

고추밭에 일하시는 할머니
뒷모습을 뵀습니다.
그마음이 아름다우시지요?
권정생선생께서 저희들
에게 전해주신 이야기
입니다. 그 마음!
2005. 5. 31
이철수드림

삼인행 1

– 저는 이왕에 이렇게 된 몸이니 깨끗이 마음 접고 이승 하직하렵니다.

대신, 제 자식들은 건강하게 잘살도록 부탁드립니다.

그렇게 간절히 기도하고 돌아오셨는데,

다음 날부터 무얼 드셔도 토하지도 않고 멀쩡하게 사신다고 했습니다.

—삼인행
2005. 6. 2
이철수 드림

비 한번 속시원했습니다. 씻길것 다 씻기고, 마른흙이 푸근하게
젖어 촉촉했습니다. 비젖은 밭에 나가 풀을 뽑으니 뿌리까지
쏙쏙 뽑혀나와 그 재미에 해지는것 잊었습니다.
풀을 깎다가, 아내 일하는데 가서 함께 풀을 뽑았습니다.
-아무리 봐도, 죄 없는 순박한 이들을
향해 죄많은 사람들이 설교하고
강론하고 설법하는 듯 합니다.

열심히 일하고, 이웃에게 모진일
하지 않고, 부지런히 착하게
사는 사람들 보면, 그렇게 사는게 삶의 온전한 모습이고 인생의
전부일 듯 싶습니다. 그러지 못하는 저와 우리를 그이가 나무라셨습니다.

삼인행 2

아무리 봐도, 죄 없는 순박한 이들을 향해
죄 많은 사람들이 설교하고 강론하고 설법하는 듯합니다.
열심히 일하고, 이웃에게 모진 일 하지 않고,
부지런히 착하게 사는 사람들 보면,
그렇게 사는 게 삶의 온전한 모습이고 인생의 전부일 듯싶습니다.

모를심고 기다리면, 논에 뿌리를 내려 포기가 여럿으로 늘어나는 시기가 있습니다. 포기가 많이 벌수록 수확이 많아질 테이니 이 무렵을 지켜 보는 농사꾼의 마음에 조바심이 이는 것도 당연한 일이지요. 포기가 벌어서 씩씩하게 올라오는 벼포기를 보면서 "난초같이 예쁘다!"고 합니다. 기세좋은 성장을 바라 보는 농부의 마음이 잘 드러난 표현이기도 하지만, 벼포기가 듣기도

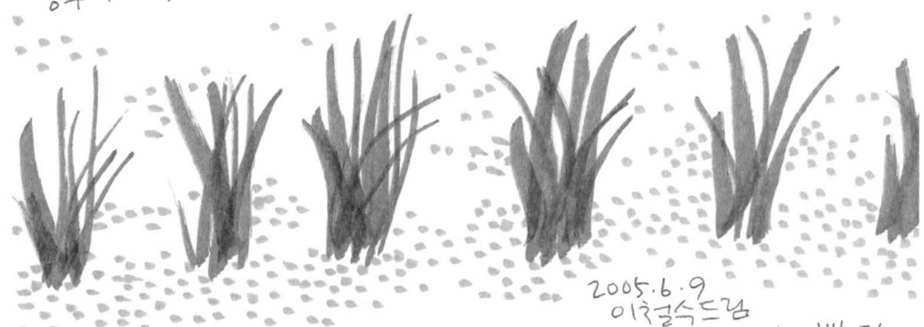

즐거울 칭찬입니다. 가까운 사람 누군가에게 이런 예쁜 말 찾아서 건네 보아도 좋을듯합니다. 여름이 성큼성큼 오고 있네요.

예쁜 말

포기가 벌어서 씩씩하게 올라오는 벼 포기를 보면서
"난초같이 예쁘다!" 고 합니다.
기세 좋은 성장을 바라보는 농부의 마음이 잘 드러난 표현이기도 하지만,
벼 포기가 듣기도 즐거울 칭찬입니다.

노심초사

오늘도 두어 번 논에 들어온 백로를 쫓아내고,
비 개고 나면 날아들어 올 배고픈 산비둘기의 콩밭 공략을 하마 걱정하느니.
사람의 마음 옹졸하고 옹색함이 이렇습니다.
넉넉하여 가진 것이 많을수록, 노심초사 지킬 것도 많은 법.

길가다가
작은 병을 하나 샀습니다.
독한 술을 담아서
조금씩 따라 마시면
마춤할 만한
참 작은 병
입니다.
동남아사람일듯
싶은 사내가
청화백자를
늘어놓고
팔고 있었습니다.
흑유를 칠한

그 술병이 마음에 와
닿기도 했지만,
길에 난전을 벌여
놓은 남자에게 작은
선물을 주고싶은 마음이
더 컸습니다.
뭐을 담아 놓을까?
즐기지는 않지만
독한 술을 담아서
술찾는 손님 앞에
내어놓을까?
생각중입니다.
예쁘장한 병도 낯선데
와서 고생, 그 사내도 고생입니다.

2005. 6. 12
이철수 드림

그 사내

동남아 사람일 듯싶은 사내가
청화백자를 늘어놓고 팔고 있었습니다.
흑유를 칠한 그 술병이 마음에 와 닿기도 했지만
길에 난전을 벌여놓은 남자에게
작은 선물을 주고 싶은 마음이 더 컸습니다.

이번에도 길가다, 아내가 옷 하나 사게 되었습니다.
헌옷처럼 편해 보이는 옷이 좋다고, 작은 가게에 내걸어 둔
옷값을 물었습니다. 값도 비싸지 않고 단순해서 좋다기에
사라고 권했습니다.
옷 두벌 사고 계산을
하려고 카드를 드렸더니
가게 여주인이 난처해
합니다. 카드를
받기는 좀 뭣하다는
거지요.
비싸지는
않았지만
갖고 있는
현금이 없어
저희도 난처해졌습니다.
가게주인이, 그러는 우리를 보고
"그럼 옷값은 부쳐주셔도
되구요" 했습니다.
"저희는 멀리 시골에
살고, 이가게도 처음이고
언제 다시 올수 있을지도
모르고…"
"제가 관상쟁이 다
됐거든요. 옷 가져 가시고
가셔서 부쳐 주세요."
그렇게 해서 돈 안내고
옷 샀습니다. 유쾌했습
니다. 옷값. 부쳤습니다.

2005.6.13 이철수 드림

옷 값

"저희는 멀리 시골에 살고,
이 가게도 처음이고 언제 다시 올 수 있을지도 모르고……."
"제가 관상쟁이 다 됐거든요. 옷 가져 가시고 가셔서 부쳐주세요."
그렇게 해서 돈 안 내고 옷 샀습니다. 유쾌했습니다.
옷 값, 부쳤습니다.

배운사람은 흔히 책을 인용합니다. 어느 고전에, 혹은
어느인사의 글이나 말에서 제 이야기의 근거를
찾습니다. 뛰어난 해석을 자랑하기도 합니다. 모두
그럴 법한 일입니다. 만권서 - 수많은 책을 읽었으니,
삶이 곧 책이기도 하겠지요. 그런 이들은 그럴수 밖에

2004. 8. 10 이철수드림

없겠다싶습니다. 사람은 누구나 제 과거를 인용해서
현재를 보고 현실을 살아갑니다. 제 이웃들은 인용할 책이
없으니 땅과하늘을 인용합니다. 그안에서 자라고 열매
맺는 나무와 풀과 꽃과 열매를 인용하지요. 누가 수면
부족과 시차적응을 말하고 멜라토닌을 이야기하면, 칠흑
의 밤과 가로등 서게된 요즘을 말하고 가로등 불빛 때문에
결실을 얻지 못하는 벼와 깨를 이야기 합니다.

인용

제 이웃들은 인용할 책이 없으니 땅과 하늘을 인용합니다.
그 안에서 자라고 열매 맺는 나무와 풀과 꽃과 열매를 인용하지요.
누가 수면 부족과 시차 적응을 말하고 멜라토닌을 이야기하면,
칠흑의 밤과 가로등 서게 된 요즘을 말하고
가로등 불빛 때문에 결실을 얻지 못하는 벼와 깨를 이야기합니다.

2005. 6. 5
이철수 드림

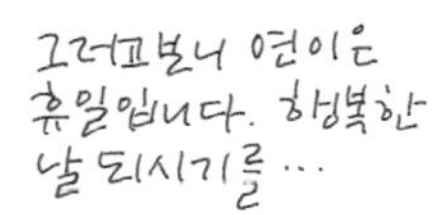

예취기라고, 꽤 어려운 이름이지요? 전동낫이라고 해야 할지? 무덤에 풀베는 기계라고 하면 알아듣기 쉽겠습니다. 한 십년 넘도록 써온 탓인지 이번에는 좀 크게 탈이 났습니다. 맡겨두고 가라고 해서 농기구 수리점에 '입원'을 시키고 왔습니다. 풀깎다 내려간 길인데 빈손으로 올라오자니 그도 좀 허전하고, 머리깎다 나온것 같은 논뚝도 볼상사납습니다. 늘 느끼는 거지만, 기계는 편리한 애물단지 입니다.

편리한 애물단지

예취기라고, 꽤 어려운 이름이지요? 전동낫이라고 해야 할지?
무덤에 풀 베는 기계라고 하면 알아듣기 쉽겠습니다.
한 십 년 넘도록 써온 탓인지 이번에는 좀 크게 탈이 났습니다.
맡겨두고 가라고 해서 농기구 수리점에 '입원'을 시키고 왔습니다.

2005. 6. 7
이철수드림

제철 딸기는 지금이 한창입니다. 건성가꾸는 딸기밭에
자잘한 딸기가 심심찮게 익어나옵니다. 아침식전에 밭을
돌아보다가 빨갛게 익은 딸기 몇알 주워오면, 아침식탁에
올라 간단한 아침상을 화사하게 꾸미기도 하지요. 제철을
모르는 과일도 문제지만, 밭에서 미처 거두지 못하고 개미밥이
되기도하는 소외된(?) 딸기도 문제네요. 아이들 없으니 겉도는 것이
참 많습니다. 노인들 농사가 단순해지는 이유를 알듯합니다.

제철 딸기

제철을 모르는 과일도 문제지만,

밭에서 미처 거두지 못하고 개미밥이 되기도 하는

소외된(?) 딸기도 문제네요.

아이들 없으니 겉도는 것이 참 많습니다.

노인들 농사가 단순해지는 이유를 알 듯합니다.

퇴원

입원했던 예취기는 부품이 없어서
땜질을 하는 임시 처방으로 가퇴원 상태입니다.
언제 죽을지 모르는 목숨이 되어버린 기계를 조심스레 다루면서
긴 논둑을 마저 깎고 나니 마음이 개운해집니다.

↱ 어야 하는건데…
2005.6.6
이철수드림

벌써 여러해 전입니다. 제 집 담을 헐게되어서 대문을 새로
만들게 되었는데, 선생님 한분이 말씀해 주시기를 "대문이 사람
보다 크면 안된다고 옛사람들이이야기 하셨어!" '사람'이란
거기사는 사람의 '그릇 크기'를 말하는 것이지요. 더작은문을 만들었

대문

제 집 담을 헐게 되어서 대문을 새로 만들게 되었는데,
선생님 한 분이 말씀해주시기를
"대문이 사람보다 크면 안 된다고 옛사람들이 이야기하셨어!"
'사람'이란 거기 사는 사람의 '그릇 크기'를 말하는 것이지요.
더 작은 문을 만들었어야 하는 건데…….

'지식과 인격은 별개의 신발'이라고 댓글을 올려주신 것 보았습니다.
큰것을 비웃느라 작고소소한것을 지키지 못하고 말았습니다.
글쓰고 말하니까 쉽지않은 일인것을 다시 확인한 새벽입니다.
말씀하신대로 '부끄럽지 않게 살려고 노력하는' 작은존재들이 우리를
지키는 힘인데, 거기서 잠시 눈을 떼고 세상을 보았습니다.
그작고 소중한데서 큰것들이 배우시라는 말로 바꾸고 싶습니다.
일하다 보면 흙을 깎아서 생땅을 드러낼때가 있습니다.
상처깊은 생땅에 풀씨 날아들어 초록으로 덮어가는것을 보면서
조용하고 평범한 존재의 깊고 깊은 마음씀이 크고 크다고 생각
했는데… 그게 제마음을 가득채우지 못하고 있었습니다.
좋은주말에, 혹시 초록의 숲과 들을 만나시거든 한번 보시기 바랍니다.
조심하겠습니다.

이철수
2005. 6. 4. 드림

조심하겠습니다

일하다 보면 흙을 깎아서 생땅을 드러낼 때가 있습니다.
상처 깊은 생땅에 풀씨 날아들어 초록으로 덮어가는 것을 보면서
조용하고 평범한 존재의 깊고 깊은 마음씀이 크고 크다고 생각했는데…….
그게 제 마음을 가득 채우지 못하고 있었습니다.

영문학하시는 여선생님 한분과 국도변 휴게소에 서서
얼음과자하나 사먹으면서 잠시 쉬게되었습니다.
여름 무더위가 좀 부담스러운데, 낡은 휴게소 광장에
뽕짝이라고 부르기도 하는 대중가요가 흘러나오고 있었
습니다. 평소 쓰신 글이 섬세하고 깊으신 분이신지라
그 분위기가 못마땅하신가 여겼는데, 뜻밖에도
이렇게 말씀하셨습니다.
"이런자리에서 뽕짝흘러나오면 조화가 잘 이루어진
것같더라구. 이 노래 들으면서 이렇게 서 있으니까
참좋네. 딱이네! 딱이야!" 2004.8.5 이철수 그림
유학파 영문학자는 세상속 흔해터진 풍광조차
온몸으로 이해하고 아끼시는 듯 보였습니다. 그냥
그게 고마웠습니다. 그이 영문학의 깊이도 믿어도 좋을듯

고마웠습니다

"이런 자리에서 뽕짝 흘러나오면 조화가 잘 이루어진 것 같더라구.
이 노래 들으면서 이렇게 서 있으니까 참 좋네. 딱이네! 딱이야!"
유학파 영문학자는 세상 속 흔해터진 풍광조차
온몸으로 이해하고 아끼시는 듯 보였습니다.

살아 있어서

무덥다! 못 살겠다! 어디로 달아나고 싶다!
하지만, 여름, 가을, 겨울, 그리고 봄. 그게 평생 몇 번이겠는가?
이 여름도 살아 있어서 더운 몸뚱이에 부채질을 할 수 있다.

옥수수 잔뜩 심어서 삼복에 여기저기 나누었습니다.
큰길에 나가서 옥수수장사 한다던 농담은 그저
농담이었고, 그 많은 옥수수를 두 식구가 다 삶아
먹을 일 없으니 나누어 드리는 게 유일한 길이었습니다.
덕분에 내외가 들은 인사가 많았습니다. 식구가 많은
요양원이며 시설에 주로 가져가시고, 가까운 지인들께
보냈더니 재미있어 하시기도 하고…, 저희도 좋았습니다.
어제도 옥수수 밭에 가서 전해 주었습니다.
ㅡ사람들이 참 고맙다고 하더라. 맛있었다고도 하고.
사람들은 전해준 마지막 손에게 고맙다고들 하거든.
수고했다는 인사도 들었지. 이 인사는 네가 들었어야 할
거잖아? 그래서! 전해주려고. 고마웠어.

Why?

2004.8.13 이철수 드림

옥수수

사람들이 참 고맙다고 하더라. 맛있었다고도 하고.

사람들은 전해준 마지막 손에게 고맙다고들 하거든.

수고했다는 인사도 들었지.

이 인사는 네가 들었어야 할 거잖아?

그래서! 전해주려고. 고마웠어.

의젓한 나무 한 그루가 되고 보면 그 그늘이 커서 쉬어가는 그늘이 되어
주기도 합니다. 그 아래 아무것도 자라지 않는 것을 눈여겨 보는
마음은 옹색스러운가요? 큰 나무는 그 작은 마음에 상처 받지 않을
거라고 생각하는 마음보는 더하지요? 그저 그런 생각이 들었을
뿐입니다. 큰 것·최고... 그런 류만 행세하는 세상이라서 그런
생각도 떠오른 건지 모르지요. 이제 곧 무더위는 지날 거라고 합니다.
기운 내시기 바랍니다. 큰 것들이 큰 것 답기라도 해야 할 텐데...

큰 나무

의젓한 나무 한 그루가 되고 보면
그 그늘이 커서 쉬어 가는 그늘이 되어주기도 합니다.
그 아래 아무것도 자라지 않는 것을 눈여겨보는 마음은 옹색스러운가요?

밖에서 들어오던 아내가 이웃에 들렀다 온다며 한마디 합니다.
-옆집 할아버지네 리모콘 잃어 버리셨대요.
아주 오래된 TV도 리모콘 새로 살수 있을까요?
대리점에 확인해 드려요? 했는데 이제 TV 제조사를 알아서
되었다 하셨어요. 할머니는 TV에 동그란 단추 누르면 되는데
할아버지가 자꾸 리모콘 타령이라고 나무라듯 하셨어요.

2004. 8. 25 이철수드림

이제 알아서 하시겠지. 옆집 할아버지는 까막눈을 기꺼이 인정
하신터라 쉽게 물으십니다. -이거 부고여? 누가 죽었대? 출상이
언제랴? -누가 자식치운대냐? 날짜는? 몇시에? 버스가
어디 있는다고? 고마워유.
할머니는 -당최 눈이 안뵈서유. 뭐라고 쓴거유? 그러십니다.
어두운눈이 그게 그거지요. 읽을줄 알아서 읽는 값하고 사는
사람들도 많으니, 어두우신 눈 부끄러우실 것도 없습니다.

까막눈

어두운 눈이 그게 그거지요.
읽을 줄 알아서 읽는 값 하고 사는 사람들도 많으니,
어두우신 눈 부끄러우실 것도 없습니다.

2004.8.29 이철수드림

밭에 일하는데, 전화가 울린다. 달려가 받았더니 한국통신. 이용에 불편하신 점을 없으시냔다. "—아, 일하는데…," 하면서 화를 내려다가 참았습니다. "불편없구요. 일하느라 바쁘니까 중요한 용건 아니시거든 끊어주세요." 그랬지요. 속으로는, "아니! 이것들이!" 그랬습니다. 제가 공식적으로 한 발언과 실질적으로 한 말의 차이가 그렇습니다. 왜 〈공식·비공식〉이 떠올랐지요?

공식 · 비공식

밭에 일하는데 전화가 울린다.

"불편 없구요. 일하느라 바쁘니까 중요한 용건 아니시거든 끊어주세요."

그랬지요. 속으로는, '아니! 이것들이!' 그랬습니다.

제가 공식적으로 한 발언과 실질적으로 한 말의 차이가 그렇습니다.

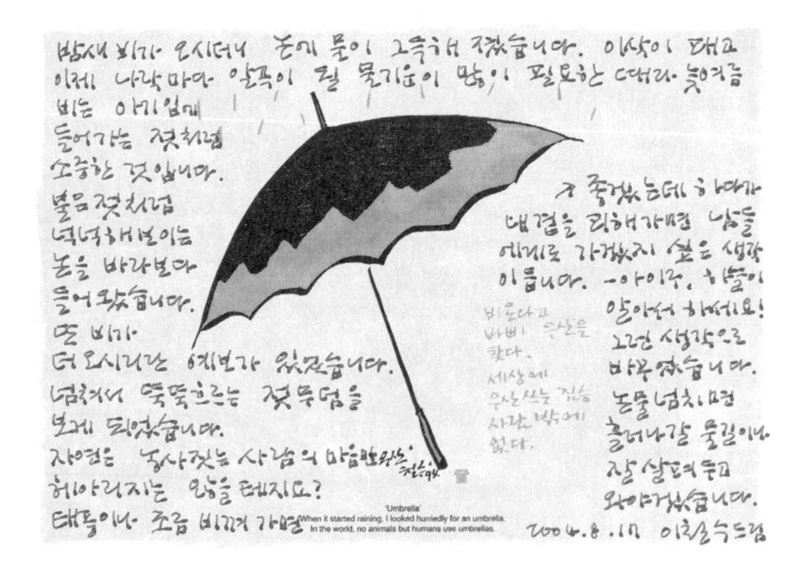

하늘이 알아서 하세요

자연은 농사짓는 사람의 마음만 헤아리지는 않을 테지요?
태풍이나 조금 비껴가면 좋겠는데, 하다가
내 곁을 피해 가면 남들에게로 가겠지 싶은 생각이 듭니다.
- 아이구, 하늘이 알아서 하세요!

참깨가 벌기시작해서 조금씩
베어내기 시작했습니다.
한밭에서 자라도 올되는 놈이
있고 늦되는 놈이 있습니다.
일찍 된 것들을 가려서 베어내다하니
대궁이 약하고 가지가 많이 벋은
참깨일수록 서둘러 영그는것을
알게 되었습니다.

2004.8.24
이철수
그림

세상이치와 다를것이 없습니다.
어려운집 아이들이 일찍철듭니다.
안타깝지만, 그렇게해서 견디고
내일을 준비하는 것도 지혜라면
지혜지요. 세상이 참 어렵지요?

올되는 놈, 늦되는 놈

한 밭에서 자라도 올되는 놈이 있고 늦되는 놈이 있습니다.
일찍 된 것들을 가려서 베어내다 하니 대궁이 약하고
가지가 많이 벋은 참깨일수록 서둘러 영그는 것을 알게 되었습니다.
세상 이치와 다를 것이 없습니다.
어려운 집 아이들이 일찍 철듭니다.

종일 일했다.
누가 지켜서 있는것도 아닌데.
부지런히 일한다.
나도, 시장과 자본의
충직한 하수인이다.
2004. 8. 23 이철수 드림

충직한 하수인

종일 일했다.

누가 지켜 서 있는 것도 아닌데 부지런히 일한다.

나도, 시장과 자본의 충직한 하수인이다.

종일 비

이 비에도 저 숲은

젖어 누추해지지 않고…….